KB151976

차
원
통
제
사

차원•통제사

1판 1쇄 찍음 2018년 5월 16일
1판 1쇄 펴냄 2018년 5월 24일

지은이 | 미르영
펴낸이 | 정　필
펴낸곳 | 도서출판 **뿔미디어**

편집장 | 김대식
기획 · 편집 | 김유미

출판등록 | 2002년 9월 11일 (제081-1-132호)
주소 | 경기도 부천시 원미구 소향로 17번길(두성프라자) 303호 (우) 14544
전화 | 032)651-6513 / 팩스 032)651-6094
E-mail | bbulmedia@hanmail.net
비북스 | http://www.b-books.co.kr

값 8,000원

ISBN 979-11-315-9018-8 04810
ISBN 979-11-315-8457-6 04810 (세트)

차원 통제사

미르영 현대 판타지 장편 소설

음모의 씨앗!

BBULMEDIA FANTASY STORY

7

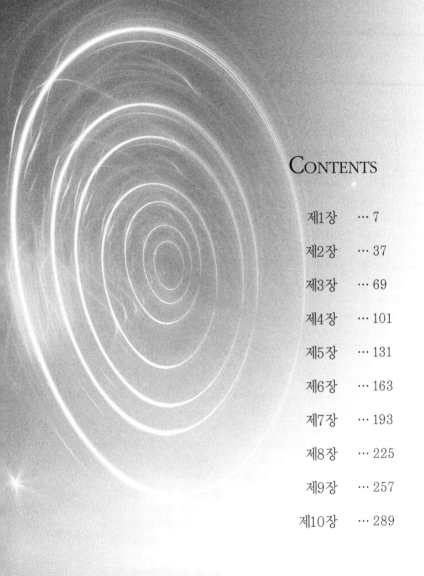

CONTENTS

제 1 장

장인석이 유민이에 대한 정보를 JM에 전달하고, 의뢰를 받아 움직인 것은 단순한 일이 아니다.

청화를 운영하는 장인석은 주로 연예계 쪽 문제를 해결하는 프리랜서라고 알려져 있지만, 사실은 그렇지 않다.

아직 각성하지 않은 특별한 능력을 가진 자들을 찾아내고 필요한 곳에 공급하는 것이 그가 돈을 버는 주된 일이었다.

얼핏 보면 직업을 알선하는 헤드헌터라고도 할 수 있지만, 가지고 있는 능력으로 노예나 다름없는 계약을 하도록 하는 터라 인신매매범이나 다름없는 자가 바로 장인석이었다.

지금까지는 아무런 접점이 없었지만, 아무래도 부딪쳐야 할 것 같다.

그자가 보낸 자를 이용해 미리 포석을 깔아두어야 할 것 같기에 여러 가지 암시를 심었다.

해결사 노릇을 하고 있기는 하지만 장인석이 진성 각성자라 섣불리 상대할 자가 아니기 때문에 취한 조치였다.

그렇게 세뇌 작업을 끝내자 밖으로 나가 있었던 정호영이 들어왔다.

정호영은 제압되어 있는 자의 머리에 손을 얹었다.

'사이코메트리로군.'

암시를 걸며 정신 방벽을 두텁게 했으니 제압된 자의 기억을 읽으려 해도 읽을 수 없을 것이다.

기억을 읽는 능력과 비슷한 사이코메트리를 사용했지만 아무것도 알아낼 수 없어서 그런지 정호영이 고개를 갸우뚱한다.

"뭔가 하신 겁니까?"

"일단 의식에 간섭을 해놔서 시간을 벌어두었습니다. 하지만 유민이를 보호할 준비를 추가해야 할 것 같습니다."

"그건 염려하지 마십시오. 이런 식으로 나올 줄은 몰랐지만 대비는 해두고 있으니 말입니다."

"다행이군요. 저는 어떻게 된 일인지 조금 알아봐야겠습니다. 제가 연락할 때까지는 윤찬이와 유민이는 이곳에서 보호해 주시면 좋겠습니다."

"알겠습니다."

"일단 윤찬이와 유민이에게 해둘 말이 있으니 그리로 가시죠."

작업실을 나와 윤찬이와 유민이가 있는 곳으로 갔다.

윤찬이가 정신을 잃은 유민이를 돌보고 있었다.

"형, 어떻게 됐어?"

"아무래도 너희 둘은 당분간 이곳에 있어야 할 것 같다."

"이곳에?"

가게에서 장사를 해야 하는 입장인 윤찬이 눈을 동그랗게 뜨며 말했다.

"좋지 않은 일에 휘말렸다. 아무래도 당분간은 장사를 접는 것이 나을 것 같다."

"알았어, 형."

나에 대한 신뢰가 두터운지 윤찬이는 군말 없이 따랐다.

"그럼 부탁하겠습니다."

"염려하지 마십시오."

정호영에게 두 사람을 맡기고 근호 형을 보러갔다.

"유민이가 위험할 뻔했다는데, 무슨 일이냐?"

"그러니까 유민이가……."

성진이 형에게 사건 내용을 들었는지 유민이에 대해 묻기에 근호 형에게 알아낸 내용을 간단하게 설명해 주었다.

"성진이도 그렇고, 네가 조사를 하러 간다면 우리는 이곳에서 있어야 되겠다."

"그래 주면 고맙고."

"여긴 걱정하지 말고 빨리 다녀와라."

"알았어, 형."

클럽을 나와 곧바로 택시를 잡아타고 청화로 향했다.

─ 형, 어디야?

─ 청화 근처에 와 있다.

─ 뭐 나온 거 있어?

─ 아무래도 심상치가 않다.

─ 왜?

─ 청화에 결계가 쳐져 있다.

─ 알았어. 금방 갈 테니까 감시만 하고 있어.

─ 알았다.

장인석이 운영하는 청화에는 인식 차단 장치가 설치되어 있기는 하지만 결계 같은 것이 설치되어 있지 않았다.

갑자기 결계가 쳐진 것을 보면 형이 말한 대로 아무래도 심상치가 않았다.

얼마 지나지 않아 청화에 도착할 수 있었다.

건물이 바라볼 수 있는 소공원에서 성진이 형이 기다리고 있는 것을 볼 수 있었다.

"왔냐?"

"응, 형."

"아무래도 이상하지?"

강남 끝자락에 위치한 상가 근처의 건물 꼭대기인 4층에 위치한 청화에는 형이 말한 것처럼 결계가 쳐져 있었다.

결계를 바라보며 형이 묻는 이유를 알고 있다.

"그러게. 일반 결계도 아니고 마법적인 결계라면 아무리 진성 능력자라도 치기 쉬운 것이 아닌데 말이야."

"예사 결계가 아니다."

아무리 봐도 최소한 S급 능력자가 펼친 결계다.

자세하게는 모르겠지만 형도 결계가 품고 있는 힘을 느낀 것이 분명하다.

"형, 뭔가 일이 벌어지고 있는 것 같아. 들어가 보는 게 좋겠어."

"그러자. 무슨 상황이 발생할지 모르니까 전투 슈트부터 착용하자."

"알았어."

유민이 일로 왔지만 결계를 본 후 그것이 다가 아닐 것 같다는 생각이 들었기에 형 말대로 전투 슈트를 착용했다.

― 들어가자.

― 조심해.

통신으로 들어오는 형의 목소리를 들으며 청화가 있는 건물로 다가갔다.

계단을 따라 3층까지 가니 4층으로 올라가는 계단을 막고 있는 견고한 철문이 보였다.

일반적인 철문이 아니라 마법으로 만들어진 합금을 사용한 문이었다.

─ 열 수 있겠냐?

─ 걱정하지 마.

어디에도 문을 열 수 있는 장치가 달려 있지 않았기에 문 앞으로 다가가 손을 댔다.

─ 스페이스! 문을 열어.

─ 패턴을 찾고 있는 중입니다. 잠시 기다리십시오. 이제 됐습니다.

높은 수준의 폐쇄 마법이 적용된 문이지만, 스페이스가 패턴을 금방 찾아낸 후 틈을 만들어냈다.

<u>스르르르!</u>

마법 금속이 일렁이기 시작하더니 곧바로 입구가 나타났다.

─ 들어가자, 형.

─ 그래.

안으로 들어서자 사무실이 보였다.

사무실 안에 장인석의 모습이 보이지 않았다.

일반적인 사무실과 같은 모습이었지만 위화감이 느껴졌다.

— 스페이스, 공간 이동 마법진 같은 것이 있을 것 같으니까 한번 찾아봐.

— 예, 마스터.

스페이스가 공간 이동 마법진을 찾는 동안 사무실에 있는 컴퓨터와 서류들을 아공간으로 전부 이동시켰다.

유민이를 납치하려 한 이유를 찾을 수 있을 것이다.

아공간을 사용하는 모습을 보며 성진이 형이 놀란 것 같았지만, 지금은 설명을 해줄 여유가 없었다.

— 마스터, 찾았습니다.

— 어디야?

— 전면에 보이는 벽입니다.

— 알았어.

스페이스가 알려준 벽으로 다가갔다.

"성찬아, 벽에 공간 이동 마법진이라도 있는 거냐?"

"그런 것 같아."

— 스페이스, 사용할 수 있겠어?

— 가능합니다. 벽에 신체를 접촉하는 방식입니다.

— 알았어.

"형, 이 벽에 손을 대."

"알았다."

형과 내가 손을 대자 잡아끄는 힘이 느껴지더니 어디론가 이동을 했다.

스페이스가 벽에 걸려 있는 마법진을 가동시키자 포털이 열려 공간 이동을 한 것이다.

우리가 도착한 곳은 커다란 봉우리들이 둘러싸고 있는 계곡의 안이었다.

— 스페이스, 여기가 어딘지 파악해 봐.

— GPS 좌표로 보면 금강산 안입니다.

— 역시 그렇군. 주변을 검색해서 뭐가 있는지 살펴봐.

— 예, 마스터.

스페이스가 검색하는 동안 주변을 살폈다.

'인위적으로 손을 댄 곳이 많군.'

자연적인 계곡 같지만 여기저기 사람의 손길이 닿은 흔적이 보인다.

스페이스의 힘과 인식 차단 장치를 가동시키고 있지만 감지 장치로 보이는 것들이 여럿 설치된 것으로 봤을 때 우리가 접근한 것을 들키는 것은 시간문제 같았다.

— 전방 150미터 지점 지하에 인기척이 있습니다.

— 지하에?

— 지하 100미터 아래 1,000,000입방미터의 공간이 자리 잡고 있는 것을 보면 비밀 기지일 확률이 높습니다.

차원 통제사

— 안에 몇 명이나 있지?

— 정확히 138명의 사람들이 있고, 다수의 기계 장치들이 움직이고 있습니다.

— 홀로그램으로 보여줄 수 있어?

— 잠시만 기다리십시오.

스페이스의 대답이 채 끝나기도 전에 망막 위로 지하 비밀 기지의 모습이 떠올랐다.

높이가 400미터, 가로와 세로가 각각 50미터에 달하는 10층 크기의 공간이었다.

— 입구는 저기 절벽이로군.

— 들어오실 때와 마찬가지로 입구에 폐쇄 마법진과 이동 마법진이 설치되어 있습니다.

— 이동 마법진을 통과하면 어디로 나오는지 에너지 패턴을 한번 살펴봐.

— 의식을 통해 층을 인식하는 것만으로 목적지로 이동하는 마법진입니다.

— 어떤 패턴인지 파악했어?

— 예, 마스터. 마법진을 활용한 인식 패턴입니다. 완전히 파악이 되지 않은 상태라 아무래도 마스터 혼자서 들어가셔야 할 것 같습니다.

— 알았어.

마법진은 스페이스가 무장해제를 시킨 것이나 마찬가지인 상황이라 절벽으로 갔다.

스페이스가 완벽하게 파악하지 못하는 마법진이라면 형과 함께 들어가기엔 위험하다.

장소가 장소이니만큼 형은 이곳에서 대기하며 돌발 상황을 대비해야 할 것 같다.

― 형, 이곳에서 기다려 줘.

― 혼자 들어갈 생각이냐?

― 여기 새겨진 마법진의 패턴을 완벽하게 파악하지 못해서 형이 들어가기에 위험할 것 같아.

― 알았다. 조심해라.

― 알았어.

중국에서 비슷한 상황을 이미 경험해 본 터라 마법진이 새겨진 벽에 손을 댔다.

공간을 가로질러 이동하는 것이 느껴지기 무섭게 새로운 공간이 눈에 들어왔다.

공간을 건너 뛰어 도착한 곳은 사람들이 제일 많았던 지하 맨 마지막 층이다.

'으음…….'

마지막 층을 택한 것은 홀로그램 상에 표시되기는 하지만 움직임이 없어서였다.

역시나 사람들이 아주 많았지만, 움직이는 이는 아무도 없었다.

정확히 99명의 사람이 있었지만, 모두들 유리로 된 관 같은 것에 누워 있었기 때문이다.

유리관의 수는 모두 100개였다.

마지막에 있는 것 하나를 제외하고 다른 곳은 사람들이 들어 있었다.

관이 있는 곳으로 다가가 안을 살폈다.

― 스페이스, 저것들은 뭐지?

관에 들어 있는 사람들의 몸에는 검은 색의 실 같은 것들이 잔뜩 매달려 있기에 스페이스에게 물었다.

― 피부 속에 들어 있는 부분은 금으로 만든 침 형태인 것을 보니 신경과 연결된 일종의 단자 같습니다.

― 금침으로 만들어진 단자라고?

― 그렇습니다. 금침이 신체 각 신경의 말단 부위를 연결되어 있고 발생하는 신호들이 수집하고 있는 것 같습니다.

― 생체 신호들이 어디로 전송되고 있는지 한번 살펴봐 줘.

― 흐름으로 보면 바로 위층인 것 같습니다.

― 여기서는 알아볼 것이 별로 없는 것 같으니 일단 위층으로 올라가 보자.

― 예, 마스터.

공간 이동을 통해 위층으로 이동했다.

절벽에 새겨진 마법진을 통과하며 출입 승인이 되는 터라 공간 내부에서는 제약 없이 이동이 가능하기에 손쉬운 일이었다.

지하 9층에는 거대한 수정구가 허공에 떠 있었다.

조금 떨어진 외부에는 금실로 수놓아진 막이 층을 이루며 감싸여져 있었다. 수집된 데이터들이 모여 빛으로 변해 수정구 내부로 흘러들어 가고 있었다.

— 스페이스, 저것이 뭔지 알겠어?

— 좀 더 살펴봐야 하겠지만, 아무래도 에고를 만들고 있는 것 같습니다.

— 이곳에서 에고를 만들고 있다는 말이야?

— 수정구 내부에 강력한 자아가 형성되고 있는 것을 보면 그런 것 같습니다. 아무래도 제가 사용하는 방식과 비슷한 것을 보니 마도학이 적용된 것이 분명합니다.

— 으음.

아무래도 장인석에 대해 조사가 미흡했던 것 같다.

1차 각성자 중 특별한 이들을 필요한 곳에 공급하는 것을 업으로 삼고 있는 자인 줄 알았는데, 마도학을 이용해 에고를 만들고 있었다니 말이다.

— 수준은 어느 정도야?

— 제가 비공기에 장착하고 활성화시킨 에고 정도의 수준은

될 것 같습니다.

— 에고를 만드는 목적이 무엇인지는 몰라도 위험할 수 있겠군.

— 그런 것 같습니다. 무엇보다 활성화한 에고를 정보 수집 대상에게 역으로 주입시키고 있는 시스템을 가지고 있는 것을 보면 말입니다.

— 뭐?

놀라운 일이 아닐 수 없었다.

보통 에고라고하면 사물에 인격을 부여하여 사용자를 보조하거나 스스로 움직일 수 있게 만드는 보조 시스템이다.

인간에게 역으로 적용되다니 믿어지지 않는 이야기였다.

— 자세하게 설명을 좀 해봐. 인간의 정신과 영혼이 있을 텐데, 그것이 가능해?

— 충분히 가능합니다. 집단의식을 통해 만들어진 에고는 정보 수집 중인 인간의 정신과 영혼을 훨씬 뛰어넘는 격을 가지게 됩니다. 역으로 전송을 시키기만 해도 대상자의 정신과 영혼은 버티지 못하고 에고에 흡수되어 버립니다. 인간의 영혼 자체가 에고가 되는 겁니다.

— 인간의 정신과 영혼을 흡수한 에고가 신체를 장악한다는 거야?

— 그렇습니다.

— 세뇌도 아니고 아예 에고로 대체해서 뭘 하자는 거지?

— 초월자를 상대하기 위한 결전 병기를 만드는 방법 중 하나입니다. 아직 미숙하기는 하지만 10단계 마도학의 정화를 이곳에서 볼 수 있다니, 정말 놀라운 일입니다.

— 그러니까 집단의식을 통해 인위적으로 초월자를 만드는 방법이라는 말이로군.

— 그렇습니다.

조금 특별한 본성을 가진 것 같지만, 1차 각성만 한 사람들을 마치 사이보그처럼 만들고 있는 장인석의 정체가 궁금해졌다.

— 미숙하다고 했는데, 그게 무슨 말이야?

— 에고를 역으로 전송해 정보 수집 대상이었던 인간의 정신과 영혼을 장악하기는 했지만, 아직까지 활성화시키지는 못한 것 같습니다. 흡수된 정신과 영혼을 표면으로 불러내 본래의 모습처럼 활동하게 만들 수는 있지만, 능력을 발휘할 수는 없는 상태이니 말입니다. 아무래도 2차 각성을 염두에 두고 일부러 그런 것 같습니다.

— 그러니까 2차 각성을 겪으면서 에고가 활성화된다는 이야기로군?

— 그렇습니다, 마스터.

— 일단 장인석을 잡아서 여기가 어떤 곳인지 알아봐야 되겠다. 그자는 지금 어디 있지?

— 현재 1층에 있습니다.

— 그럼 나머지 층에는 사람들이 없으니 대충 살펴보고 그리로 가야겠군.

99명의 사람들은 지하 10층에, 나머지 39명은 지하 1층에 있는 터라 나머지 층은 대충 둘러보고 자세한 건 장인석을 잡아 확인해 보기로 했다.

'그래도 이 사람들을 그냥 둘 수는 없는 노릇이니……'

유민의 일을 보면 관에 누워 있는 이들이 자의로 온 게 아닌 것이 분명하기에 만약을 대비해 지하 10층과 지하 9층을 봉쇄하기로 했다.

— 스페이스, 다른 곳으로 가기 전에 이곳부터 봉쇄하는 것이 좋겠다. 자신의 의지에 반해 이곳에 끌려온 것 같으니 말이야.

— 알겠습니다, 마스터. 적용된 마도학 수준으로 보면 11단계를 적용해야 할 것 같습니다. 제게 걸린 제한을 해제해 주십시오.

내가 아직 8단계 수준에 머물고 있는 상태라서 11단계 수준의 마법은 직접 구현할 수 없다.

스페이스가 의식 일부에 침투해 나를 통해 시전하는 수밖에는 없기에 걸려 있는 제한을 해제해 주어야 한다.

— 알았다. 11단계 결계를 설치하는 것에 한해 지금부터 제한을 해제한다.

― 감사합니다, 마스터.

스페이스가 내 의식을 장악하기 시작하자 전투 슈트의 마나 엔진이 맹렬히 돌아가며 점차 인식되는 범위가 흐려진다.

― 끝났습니다, 마스터.

아주 잠깐 의식이 흐려졌던 것뿐인데, 암자에 펼쳐져 있는 것과 맞먹는 결계가 완성되어 있었다.

― 그럼 이동하자.

눕혀져 있는 관에 결계가 펼쳐져 있는 것을 확인하고는 곧바로 이동해 다른 층들을 둘러봤다.

지하 8층을 살펴보니 중국에 있던 창고와 마찬가지로 이곳에도 각종 에너지 스톤과 마법 금속이 저장되어 있었다.

불순한 의도를 가지고 있는 것 같기에 저장되어 있는 물자들을 아공간에 모두 집어넣었다.

나머지 층도 마찬가지였기에 지하 2층까지 올라가면서 물건들을 전부 챙겼다.

― 마스터.

― 왜?

― 마스터의 존재를 저들이 알아차린 모양입니다.

스페이스의 말에 감각을 확장해 보니 장인석과 지하 1층에 머물고 있는 이들의 움직임이 부산해진 것을 느꼈다.

내 존재를 알아차렸지만 떠날 생각은 없는 것 같으니 염려할 것은 없을 것 같다.

내가 제일 우려한 건 장인석이 도주하는 것이었으니 말이다.

─ 어차피 제압해야 할 자들이니 올라가자. 진성 능력자들이 다수 있는 것 같으니 준비를 해둬, 스페이스.

─ 대부분 A급 진성 능력자들인데, 괜찮으시겠습니까?

─ 어쩔 수 없지, 뭐. 약간 성가시겠지만 제압할 수는 있을 테니 말이야.

─ 제 생각에는 성진 님을 부르는 것이 좋을 것 같습니다, 마스터.

─ 형도 들어올 수 있어?

개인별로 패턴이 인식되는 마법진이라 불가능할 줄 알았는데, 가능한 모양이다.

─ 마법 패턴을 전부 해석해서 이동이 가능합니다.

─ 주변에 다른 움직임은 없고?

─ 예, 마스터.

─ 그렇다면 내가 연락을 할 테니 성찬이 형도 불러줘. 이런 기회는 드무니까 말이야.

─ 예, 마스터.

스페이스와의 대화를 끝내고 성진이 형에게 텔레파시를 보냈다.

그동안 유물 능력자를 상대하는 일은 여러 번 있었지만, 진성 능력자와 싸워볼 수 있는 기회는 거의 없었다.

― 형.

― 왜? 무슨 일 있냐?

― 형도 들어와야 할 것 같아.

― 무슨 일인데?

― A급 진성 능력자들이 열 명이 넘어서 나 혼자서는 제압하기가 힘들 것 같아서 말이야.

― 알았다. 어떻게 들어가야 하는데?

― 절벽에 손을 대면 안으로 들어올 수 있을 거야. 놈들이 전투 준비를 끝낸 것 같으니 형도 준비를 해둬.

― 알았다.

A급 진성 능력자들을 상대한다고 하니 형이 약간 들뜬 것 같다.

형이 절벽에 손을 대자 스페이스가 곧장 지하 1층 입구로 공간 이동을 시켰다.

― 스페이스, 나도 들어간다. 에너지 차폐를 시작해.

2차 각성을 해야 해서 생명을 앗는 일은 할 수 없다는 것이 조금은 아쉽다.

죽이는 것이 아니라 제압을 해야 했다. 배는 어려운 일이다. 스페이스를 통해 차폐를 해야 하니 말이다.

팟!

본래 입구 쪽으로 이동을 해야 하지만 이미 마법진의 패턴 해석이 끝난 상태라 나는 지하 2층으로 들어가는 입구로 이동할 수 있었다.

지하 2층으로 들어가는 입구에서 잔뜩 긴장한 채 침입자를 기다리는 자들의 모습이 보였다.

나나 형과 마찬가지로 전투 슈트를 착용하고 있었는데, 형태가 많이 보던 것이다.

중국에서 작전을 펼쳤을 때 우리를 추적하던 자들과 비슷한 형태의 것을 착용하고 있는 것을 보면 역시나 중국 쪽과 연계를 가진 자들이 분명했다.

슈—슈슈슈슈슝!

내가 나타나기 무섭게 사방에서 에너지 탄환이 날아온다.

티—티티티팅!!!

팟!

내가 인식하자마자 전면에 만들어진 배리어에 에너지 탄환이 틀어박히는 것을 보며 신형을 띄웠다.

콰—직!

탱커처럼 전면에서 입구를 바라보고 있던 자의 머리를 발로 눌러 무력화시키며 놈들의 중심부로 뛰어들었다.

퍼—퍼퍼펑!!

주변에 있는 자들이 입고 있는 전투 슈트의 마나 엔진이 있는 부분을 빠르게 타격해 박살을 내버렸다.

내부까지 충격을 준 터라 비틀거리며 뒤로 물러나는 것을 보며 나머지 놈들에게 재차 공격을 하려 하자 빠르게 뒤로 물러난다.

'쳇! 아깝군.'

능력을 발휘하기 전에 최대한 무력화시키기 위해 선제공격을 했는데, 여기까지인 것 같다.

머리부터 발끝까지 둘러쓴 놈들의 전투 슈트가 각양각색의 오라를 내뿜기 시작했다.

능력을 발휘하기 시작한 것이다.

공격이 시작됐는지 허공에 물이 생겨나며 내 몸을 순식간에 감쌌다.

파츠츠츠츠!

연이어지는 전격이 내 몸을 둘러싸고 있는 물을 때리며 전투 슈트에 흘러든다.

'이 정도는 흠집도 내지 못한다.'

물리 계열이나 속성 계열의 공격에 대해 강한 저항력을 지닌 전투 슈트다.

마도학의 분류상 9단계 마법도 멀쩡하게 방어해 내는 것이니 놈들의 공격은 무용지물이다.

물을 타고 흐르는 번개가 화려해 보이지만 아무런 타격을 주지 못한다는 것을 굳이 알려줄 필요는 없기에 가만히 있었다.

형이 공격을 시작하기 전에 나에게 시선을 돌리기 위해서 말이다.

콰—콰콰콰쾅!!

지하 1층 입구를 통해 들어온 형의 공격에 뒤에 있던 자들이 일제히 쓰러진다.

155밀리미터 견인포의 포탄에 준하는 파괴력을 지닌 열화 에너지 탄에 직격당한 자들이 낙엽처럼 사방으로 날아가고 화끈한 열기가 지하 1층을 휘돌았다.

형의 공격이 성공하는 것과 동시에 내 공격 또한 시작이 되었다.

슈슈슈슈슈슈슈슈슈슝!

열 개 손가락에서 뻗어 나간 에너지 탄이 놈들이 입은 전투 슈트의 머리 부분으로 빠르게 쏘아졌다.

위험을 느낀 듯 메뚜기처럼 분분히 몸을 피하고 있지만 그리 간단한 공격이 아니다.

내가 의식하기만 하면 의지를 따라 자유로이 이동이 가능한 것이라 마치 유도미사일처럼 타깃을 쫓아가니 말이다.

퍼퍼퍼퍼퍼퍼퍼퍼퍽!

전투 슈트의 제어를 담당하는 머리 부분이 박살 나며 얼굴이 드러난 자들이 입으로 피를 흘리며 쓰러지는 모습을 본 후 곧바로 장인석에게 향했다.

전투 슈트를 입고 있어 얼굴은 확인할 수 없지만 그의 에너지 패턴을 알고 있어 장인석을 찾은 것은 어렵지 않았다.

놈의 양손에는 어느새 에너지 블레이드가 들려 있었다.

다이아몬드조차 일순간에 베어내는 강력한 에너지를 가지고 있어 방심할 수 없는 무기였다.

스르르르!

생각이 일자마자 전투 슈트 위로 비갑이 떠올랐다.

퍼퍼퍼퍼퍼퍽!

쌍검을 사용하는 검법으로 베어오는 장인석의 공세를 비갑으로 쳐 내며 놈에게 가깝게 접근했다.

에너지 블레이드를 가볍게 쳐 내는 모습에 무척이나 놀란 듯 보법을 밟고 움직이는 놈을 쫓았다.

내가 아무리 2차 각성을 하지 않았다 하지만, 놈의 뒤를 쫓는 것은 어렵지 않았다.

퍼퍼퍼퍼퍽!

에너지 블레이드를 쳐 내며 계속해서 따라붙었다.

놈에게 최대한 가깝게 접근한 후 마나 엔진이 장착된 부분을 향해 주먹을 뻗었다.

콰—직!

움푹 들어가며 마나 엔진을 건드린 탓인지 전투 슈트에 불꽃이 일어났다.

휘―이익!

마나 엔진이 망가졌음에도 놈의 손에 쥐어져 있는 에너지 블레이드는 사라지지 않고 공격을 해왔기에 뒤로 누워 피하는 것과 동시에 머리 부분을 향해 발을 날렸다.

퍼―억!

고글형의 투구가 박살이 나며 장인석의 얼굴이 보였다.

믿을 수 없다는 듯 치켜뜬 두 눈이 빛을 잃어가는 것을 보며 다른 자들을 향해 몸을 날렸다.

다른 자들을 제압하는 것은 그야말로 순식간이었다.

A급 능력자들은 초반에 모두 나가 떨어졌고, 앞뒤로 이어지는 형과 나의 공세에 감당할 수 없었으니 말이다.

'놈들이 방심을 한 탓에 의외로 쉽게 끝났다.'

놈들은 우리가 1차 각성자라는 것에 너무 방심했다.

오라라는 2차 각성자의 특징이 전혀 나타나지 않기에 방심한 것이 화가 된 상황이다.

능력을 활용하는 전투가 아니라 전투 슈트에 의지만 부여해 벌이는 전투를 택한 것이 놈들의 실착이었다.

만약 놈들이 능력을 최대해 활용해 우리와 싸웠다면 형이나 나나 큰 곤란을 겪었을 테니 말이다.

― 스페이스, 이곳을 장악하고 무엇을 했는지 전부 알아내도

록 해.

— 알겠습니다.

스페이스에게 지시를 내리고 형에게 다가갔다.

전투 슈트의 머리 부분을 해제한 채 가쁜 숨을 내뱉는 것을 보니 조금은 힘들었던 것 같다.

"괜찮아?"

"후우, 괜찮다. 그나저나 대단한 자들이다."

A급 진성 능력자가 아닌데도 강력한 힘을 발휘하는 자들이라 형이 힘들어할 만도 하다.

직접적인 타격을 받지 않았다고는 하지만 에너지 차폐로 약화된 상태에서도 공간을 지배하는 놈들의 오라 때문에 여러모로 제약을 받은 상태에서 전투를 치렀으니 말이다.

2차 각성을 통해 가지게 된 능력을 제대로 사용하지 못하는데도 불구하고 강한 무력을 보유하고 있는 자들이다.

에너지 차폐를 통해 능력 발휘를 어렵게 하고, 전투 슈트의 도움을 받지 않으면 상대하기 힘들었을 것이다.

놈들도 전투 슈트를 사용하는 터라 무력이 배가 된 상태였으니 형이 다치지 않은 것만도 다행이었다.

"형은 좀 쉬고 있어."

"알았다."

이곳을 설치한 목적을 알아야 했기에 형을 쉬게 하고 장인석에게 다가갔다.

— 스페이스, 이자의 기억을 읽는 것이 가능할까?

— 능력에 비해 정신 방벽이 생각 외로 단단하지 않아 가능할 것 같습니다.

— 그럼 시도해 봐.

장인석의 머리에 손을 가져다 댔다.

— 마도학의 10단계 정신 마법을 펼쳐야 하니 이번에도 제한을 해제해 주시기 바랍니다.

— 그렇게 해.

잠깐 의식이 흐려지며 장인석의 기억이 흘러들어 온다.

'으음, 대륙천안에서 별도로 움직이고 있었군.'

장인석의 기억을 통해서 여러 가지 비밀을 알 수 있었다.

비밀 기지가 설치된 이유와 대륙천안이 이곳에서 비밀리에 꾸미고 있는 음모까지도 말이다.

인간의 영혼을 에고로 만들어 초월자를 상대할 수 있는 비밀 병기를 만든 것은 대륙천안이었다.

이들이 이곳에 비밀 기지를 만든 것은 2차 각성을 하면 최소 A급 이상이 될 수 있는 이들을 찾아낼 수 있었기 때문이었다.

2차 각성을 하고 A급 이상의 진성 능력자가 되는 경우는 성지라 불리는 샴발라를 찾은 이들 중 1%가 되지 않는다.

1차 각성한 이들 중에 샴발라로 갈 수 있는 이들이 전 세계

인구의 0.0001%에 지나지 않다.

정말로 극소수라고 할 수 있는데도 불구하고 대륙천안에서 사전에 그런 이들을 찾을 수 있었다니 의문이 아닐 수 없었다.

장인석은 상부에서 내려온 명령을 토대로 그런 이들이 정확히 찾아서 이곳으로 납치했으니 말이다.

— 스페이스, A급 진성 능력자가 될 수 있는 이들을 어떻게 찾을 수 있었는지 알아낼 수 있을까?

— 장인석의 기억 속에는 없지만, 한번 찾아보겠습니다.

— 찾아낼 수 없을지도 모르지만 한번 시도해 봐.

'그나저나 이곳을 활용할 수도 있을 것 같은데?'

장인석의 기억을 살펴본 바로는 대륙천안에서도 이곳의 위치를 모르는 것이 분명하다.

국정원에 유출될 수 있다는 우려 때문에 장인석이 대륙천안에조차 기지의 위치를 알리지 않은 것이다.

기지의 위치를 알고 있는 자들을 모두 내가 제압한 상황이라 내가 이용할 수도 있겠다는 생각이 들었다.

'청화에 있는 공간 이동 마법진과 흔적을 지우면 충분히 가능하겠다.'

이곳으로 올 수 있는 곳은 딱 한 군데뿐이니 돌아가는 즉시 조치를 취해야 할 것 같다.

— 마스터.

— 찾았어?

— 전부 찾아봤지만 어떻게 사람들을 찾아냈는지는 알아낼 수 없었습니다.

— 할 수 없지. 일단 쓰러진 자들을 처리하자.

— 전과 같은 방식을 쓰실 겁니까?

— 그러려고.

— 진성 각성자들이라 자칫 세뇌가 풀릴 수도 있습니다.

— 그럴 것 같기는 한데, 다른 방법은 없을까?

— 여기 있는 장치를 이용하면 될 것 같습니다.

— 이들의 정신과 영혼을 에고화시키자는 말이야?

— 예, 마스터. 진성 각성자들이라 세뇌는 어렵지만 에고화시킨 후 종속을 시킨다면 세뇌를 하는 것보다 나을 수도 있습니다.

— 방법이 그것밖에 없다면 그럴 수밖에. 그렇게 하도록 하자.

— 그러면 지금 맨 아래층에 있는 이들은 어떻게 합니까?

— 납치된 사람들이라 지금 풀어주면 문제가 될 수도 있을 텐데, 걱정이군.

대륙천안에서 온 명령을 통해 장인석이 납치한 사람들이라 풀어준 후 제자리로 돌아간다고 해도 문제의 소지가 많았다.

— 대륙천안에서 아는 것도 문제지만 이미 에고화가 끝난 상

태라 본래의 상태로 되돌리는 것은 불가능한 것이 더 큰 문제입니다.

— 그것도 그렇겠군.

장인석에게서 읽은 기억대로라면 아직 종속화 과정은 진행하지 않았다.

그렇지만 대륙천안이 이들을 발견하고 손을 쓰기라도 한다면 돌이킬 수 없는 상태가 될 수 있었기에 그것도 문제였다.

— 방법이 없을까?

— 마스터, 종속화 정도를 약화시킨 후에 에고를 완성하면 될 것 같습니다.

— 나를 주체를 삼으라는 거야?

— 개인의 자율도를 최대한으로 확장한 후 마스터에 대한 호감도를 증대시키는 것이 최선의 방법입니다. 그리고 이만한 인재들을 구하는 것이 쉬운 일도 아닙니다.

1차 각성으로 자신의 본성을 자각한 이들이라 영 내키지 않는 방법이다.

하지만 10단계 수준의 마도학으로 에고화가 진행된 이들을 정상 상태에 가깝게 할 수 있는 최선의 방법이기도 했다.

제 2 장

에고로 만든 것은 아니지만 이미 현화의 수하들도 종속시킨 바 있었다.

더군다나 돌이킬 수 없는 상태라 이들에게는 스페이스가 제시한 방법이 최선이기도 하다.

'앞으로 대변혁에 버금가는 일이 일어날 수 있는 마당에 주저해서는 안 되는 일이다.'

─ 할 수 없지. 네 말대로 미래를 대비하자면 아군을 만드는 것도 중요하니까 그렇게 진행하도록 하자.

─ 잘 생각하셨습니다, 마스터. 그럼 곧바로 진행하도록 하겠습니다. 마스터께서 조금 도와주십시오.

— 뭘 도와주면 되지?

— 에너지 스톤도 상당한 양이 필요하고, 지하 9층에 있는 시설을 조금 변형시켜야 합니다.

— 알았어.

쓰러진 자들을 제압하기 전에 일단 납치된 사람들을 구하기 위해 지하 9층으로 갔다.

스페이스가 원하는 만큼 아공간에 저장되어 있는 에너지 스톤을 꺼내고 에고화 장비를 개선하기 위해 또 한 번 제한을 풀어야 했다.

스페이스가 나를 통해 발휘해야 하는 마법이 마도학상 11번째와 12번째 단계의 것이었기 때문이다.

이해는 하고 있지만, 아직 2차 각성을 하기 전이라 내가 10단계 이후의 마법은 스페이스를 통해서만 사용할 수 있으니 말이다.

스페이스가 에너지 스톤을 이용해 장치 개조에 사용한 마법은 물질 변환 마법의 일종이다.

에고화 장치에 10단계 수준의 마법이 걸려 있다.

인챈트를 해서 덧씌우는 것이 아닌 물질 자체를 변화시켜 강화하는 거라 마법이 필요하다. 장치의 수준을 감안해 11단계의 수준의 마법을 써야 할 것 같다.

12번째 단계는 신성 마법이다.

다른 차원에서 신들이 자신의 권속이라고 할 수 있는 사도를 만들 때 사용하는 신성 마법으로 일종의 권능이라고 할 수 있는 것이다.

지금의 수준으로는 둘 다 나에게도 무리가 되는 것이었지만 필요했기에 스페이스의 제한을 풀고 나를 통해 마법을 시전했다.

'후우, 힘들군. 다행히 성공적으로 끝났다.'

장치 개조가 전부 끝나고 난 뒤 전신에 무력감이 흘렀지만, 만족할 만했다.

생각보다 괜찮게 개조가 되었으니 말이다.

'그동안 시도해 볼 엄두가 나지 않았는데, 10단계 이상의 마법들을 이곳에 와서 전부 베풀어 보는구나.'

스페이스가 내 몸을 통해 시전했지만, 그 경험은 고스란히 내 의식에 인식되기 때문에 2차 각성 후에는 나도 사용할 수 있을 것이라 기분이 좋았다.

'일단 사람들을 전부 깨우자.'

사람들을 유리관 안에 가두어둘 수만은 없기에 장치를 가동하기로 했다.

— 스페이스, 마법진을 가동해.

— 예, 마스터.

아공간에서 마나석을 꺼내 장치를 가동했다.

장치가 가동되는 동안 마법진도 이상 없이 순조롭게 활성화되고 있었다.

얼마 지나지 않아 사람들을 전부 깨울 수 있었다.

— 마스터의 존재를 인식시킬 차례입니다.

— 알았어.

어차피 해야 할 일이기에 장치에 다가가 손을 얹고 의식을 집중해 내 존재를 사람들에게 각인시켰다.

유리관이 열리고 깨어난 사람들이 자리에서 일어났다.

다들 어리둥절한 상태로 주변을 돌아보고 있는 모습이 모니터로 보였다.

— 지금 상황에 대해 알려주시는 것이 좋을 것 같습니다.

— 알았어. 저대로 둘 수는 없으니…….

대륙천안에 들키지 않아야 하기에 당분간은 이곳을 떠날 수 없는 사람들이다.

샴발라로 떠나기 전까지 이곳에서 생활을 하려면 지금 상황에 대해 확실히 인지하게 해주는 것이 나았기에 텔레파시를 보냈다.

성진이 형에게도 설명을 해주어야 하는 일이라 같이 텔레파시를 보냈다.

— 당신들은 지금…….

텔레파시를 이용해 사람들에게 지금 어떤 상태인지 간략하게 설명을 해주었다.

그리고 어떤 위험에 처해 있는지, 앞으로 무엇을 해야 할지 알려주었다.

신관이 신에게 선택되어 사도가 되면서 느끼는 종속과는 다른 권속의 감정을 느끼는 상태라 다들 놀라지 않고 잘 따라주는 것 같아 안심할 수 있었다.

— 마스터, 일단 옷가지하고 생활용품들을 사 가지고 와야 할 것 같습니다.

— 그래야 할 것 같다. 장인석과 다른 자들도 처리를 한 후에 사러 가자.

— 예, 마스터.

— 그런데 저들을 어떻게 지하 10층까지 데려가지?

— 걱정하지 마십시오, 마스터. 제가 한 번에 이동을 시킬 수 있습니다.

— 알았다. 일단 그렇게 해줘. 놀랄 수도 있으니까 저 사람들을 이곳으로 이동시키고 말이야.

— 예, 마스터.

말이 끝나기 무섭게 지하 10층에 있는 사람들이 지하 1층에 모습을 드러냈다.

그와 동시에 형과 내가 제압한 자들은 지하 10층으로 보내져 유리관 안에 누워 있었다.

— 마스터, 저자들은 원래 진행되던 시스템으로 에고화를 진행시키겠습니다.

— 그렇게 해.

지금 내 곁에 있는 사람들은 어쩔 수 없이 나를 따르게 만들 수밖에 없었지만 저들은 그렇지 않다.

자신들이 행한 대가를 치러야하기도 하고, 이미 2차 각성을 끝낸 진성 각성자들이라서 장치가 만들어진 본래 목적대로 에고화를 시켰다.

"그냥 눈을 떠도 돼."

옷으로 하나도 입고 있지 않은 사람들이 나타나자마자 눈을 꼭 감고 있는 성진이 형에 말했다.

"아, 알았다."

"형, 일단 나가서 저 사람들이 입을 옷이랑 여기서 생활할 때 필요한 물품들을 사오자. 청화에 설치되어 있는 마법진도 없애야 하고 말이야."

"그러자."

"형, 내 손을 잡아."

"그래."

— 스페이스, 부탁해.

— 예, 마스터.

형이 내 손을 잡자 스페이스가 공간 이동을 시켰다.

— 마법진을 지울 수 있지?

— 지우는 것보다 마스터의 스킨 패널로 옮겨와 인식을 시키는 것이 나을 것 같습니다.

— 그게 가능해?

— 충분합니다.

— 알았어! 그럼 그렇게 해줘. 여기에 남겨지는 에너지 흐름은 전부 지우도록 하고 말이야.

— 알겠습니다, 마스터.

스페스가 마법진을 스킨 패널로 옮겨 심는 것과 동시에 주변에 남아 있는 에너지의 잔재들을 전부 지웠다.

"형, 이제 나가자."

"이제 어디로 갈 거냐?"

"근처에 백화점이 있으니까 그리로 가자."

"그래."

— 스페이스?

— 다 끝났습니다.

— 잘했어.

사이코 메트리나 정령을 이용해 기억을 읽는 자들이 이곳에 온다고 해도 아무것도 알아낼 수 없는 상태라는 것을 확인한 후 곧바로 청화를 떠났다.

청화가 있는 건물에서 나온 후에 전화를 걸었다.

정호영에게 유민이에 대한 위험이 없어진 상태라는 것을 알리고 만약을 생각해 당분간은 클럽에 머물도록 했다.

JM에서 따로 움직일지 몰라서였다.

무슨 뜻인지 잘 알아들은 정호영의 대답을 듣고 전화를 끊은 후에 청화가 있는 곳에서 10분 정도 떨어진 거리에 큰 규모의 백화점이 있어 그곳으로 갔다.

백화점에서 옷을 파는 매장을 모두 들러 비밀 기지에 있는 사람들의 신체 치수대로 옷을 구입했다.

스페이스가 개인별 신상 정보를 가지고 있어 그리 어렵지 않은 일이었다.

그렇게 3층에 걸쳐 있는 옷 매장을 거의 싹쓸이하다시피 구입한 후 옷들은 계산과 동시에 성진이 형에게 이번에 이동하면서 준 아공간 아이템에 담았다.

차원통제사들이 간혹 이런 식으로 쇼핑하기에 매장을 담당하는 직원들이 부러운 눈으로 우리 둘을 쳐다보았다.

그렇게 옷을 다 산 후 신발을 비롯해 필요한 물건들도 모두 구입한 후 지하에 있는 식품 관과 생활용품 관에 들렀다.

진열되어 있는 것들은 물론이고, 창고에 있는 것들까지 싹쓸이하듯 사며 직원들을 경악하게 만들었다.

백화점 하나를 거의 거덜 낸 탓에 전부 합해서 거의 20억에 가까운 돈을 한 번에 써야 했지만, 성진이 형은 아무 말 없이 뒤를 따르며 물건들을 챙겼다.

쇼핑을 끝낸 후 형과 나는 곧장 집으로 향했다.

"그곳으로 다시 갈 거냐?"

"그러려고."

"언뜻 보니 지하 1층은 사람들이 살기에는 부적합한 것 같은데 어떻게 할 생각이냐?"

"나오기 전에 확인을 해보니 시스템을 손보면 구조물 자체를 변경시키는 것이 가능했어. 지하 2층부터 지하 8층까지 창고 형식으로 되어 있는 것 같으니 조금만 개조하면 사람들이 숙소로 사용할 수 있을 것 같아."

"다행이다. 그런데 그곳에 다시 가려면 청화로 가야 되지 않냐?"

"걱정하지 마. 청화에 설치된 마법진을 스킨 패널로 옮겨와서 여기서도 그곳으로 가는 것이 가능해."

"정말이냐?"

"그래. 잠깐만!"

─ 스페이스 이곳에다 마법진을 설치해 줘.

─ 예, 마스터.

에너지 파동이 발생한 후 비공기를 세워둔 근처에 마법진이 생겨났다.

홀로그램으로 투영해 만든 일회용 마법진이다.

비밀 기지로 들어갈 때와 나올 때 왕복으로 단 한 번만 사용할 수 있고, 사용이 끝나는 즉시 에너지의 잔재도 제거되어 안전한 것으로 스페이스의 작품이었다.

"마법진을 옮겨와 저기에 설치하다니 대단하다, 성찬아."

"별거 아니야."

형이 생각하는 것과는 다르지만, 설명을 해줄 수 없는 일이라 아무것도 아닌 것처럼 말했다.

"일단 그곳으로 가자. 형도 인식을 시켜놨으니 저곳에 서서 생각만 하면 그곳으로 들어갈 수 있을 거야."

"알았다.

형과 함께 마법진에 올라선 후 장인석이 만들어놓은 비밀 기지로 들어갔다.

다들 발가벗고 있었지만 아무 일 없이 얌전히 우리들을 기다리고 있었다.

사람들에게 옷과 개인 용품들을 나눠 주었다.

취향은 고려하지 않았지만 치수를 딱 맞춰 왔기에 다들 불만은 없었다.

옷을 입는 것을 보며 스페이스를 호출했다.

— 스페이스.

— 예, 마스터.

— 에고로 만드는 장치가 있는 곳을 제외하고 사람들이 각 층

을 오갈 수 있게 만들 수 있어?

마법 금속과 지구상에 존재하는 금속들로 합금해 만들어진 구조물이었기에 스페이스에게 물었다.

― 충분히 가능합니다, 마스터.

― 구조물을 변형해서 사람들이 머물 수 있게 할 수도 있지?

― 예, 마스터.

― 그럼 조금 구조물을 바꿔줘. 어떻게 하느냐 하면…….

구상한 공간을 머릿속에 떠 올리자 스페이스가 곧바로 인식했다.

― 어때?

― 마스터께서 구상하신 대로 구조물을 완전히 변경하기까지 한 시간이면 충분할 것 같습니다.

― 그럼 곧바로 시작해 줘.

― 예, 마스터.

그르르르릉!

구조물의 변화가 시작이 됐는지 진동이 일기 시작했다.

지하 1층에서 지하 8층까지 각 층으로 이동할 수 있는 계단이 사방에 만들어지고 있다.

창고 형태로 되어 있는 공간들을 숙소로 만들어질 것이다.

두려울 만도 하건만 사람들은 아무렇지 않은 표정으로 우리 두 사람만 바라보고 있었다.

'스페이스가 별도로 뭔가 한 것이 분명하군.'

사람들의 눈에 어린 존경스러워하는 것이 비치고 있다.

나를 신처럼 생각하게 됐다고는 하지만, 아주 짧은 시간이었기에 스페이스가 추가적인 설명을 해준 것이 분명하다.

'어차피 스페이스에게 부탁을 하려고 했던 일이니……'

앞으로 어떻게 움직일지 추가적으로 설명하지 않아도 되기에 시간을 절약할 수 있을 것 같다.

진동은 한동안 계속됐고, 스페이스가 말한 대로 한 시간 정도가 지나 멈췄다.

― 마스터, 변경을 완료했습니다.

― 보여줄 수 있어?

― 예, 마스터.

모니터 화면에 숙소의 모습이 나타났다.

원룸처럼 꾸며져 있고 화장실까지 갖춰진 사방 10미터의 제법 큰 공간이었다.

구조물을 이용해 침대와 간단한 옷장까지 만들어져 있어 당장 살아도 문제가 없어 보였다.

― 다른 곳도 보여줘.

― 예, 마스터.

음식을 만들 수 있는 공간과 휴게실이 연이어 모니터 화면에 나타났다.

심지어는 세탁실까지 있었는데, 마법을 활용해 세탁을 할 수 있는 곳이었다.

'대단하다.'

스페이스가 세심하게 신경을 쓴 것을 알 수 있어 고맙지 않을 수 없었다.

─ 고생했어, 스페이스.

─ 아닙니다. 본래부터 마법 금속으로 만들어진 가변형 구조물로 만들어진 것이라 에너지 스톤만 있으면 쉽게 변형이 가능한 것이었습니다.

─ 알아. 하지만 그래도 고생했어.

─ 감사합니다, 마스터.

지하 2층부터 8층까지 각 층에 30개의 숙소와 식당과 휴게실 창고와 같이 필요한 공간이 만들어졌다.

'이 정도면 최소한 200여 명이 한꺼번에 머물 수 있다. 몇 가지 장치만 추가해서 현화를 비롯해 그녀의 휘하들도 이곳으로 옮기도록 해야겠다. 그나저나 침구류 같은 것을 더 사서 가져와야겠군.'

백화점에서 다른 것은 다 샀는데 마법 금속으로 만들어진 침대에 씌울 침구류를 사지 않아 밖으로 나가서 사와야 할 것 같다.

"각자 방을 배정해 줄 테니 가서 쉬시면 됩니다. 그리고 침구류를 사러 가야하니 혹시나 필요한 것이 있으면 알려주기 바랍니다. 저와 텔레파시로 연결이 되어 있으니 생각하기만 하면 됩니다."

말이 끝나기 무섭게 여러 가지 생각이 쏟아져 들어온다.

─ 마스터, 제가 정리하겠습니다.

─ 그래. 네가 해줘.

다들 텔레파시를 처음 사용하는 탓에 미숙하기도 하고, 생각이 워낙 뒤죽박죽이라 요구사항에 대해서는 스페이스에게 일임했다.

그렇게 집을 나선 후 다른 백화점에 들러 필요한 물건들을 샀다.

좋은 침구류를 사 가고 싶었지만, 제작과 배송에 시간이 걸리기에 주문을 하고 대금만 치른 뒤 며칠만 사용할 담요와 베개를 구입했다.

곧바로 집으로 돌아와 마법진을 만들어 다시 비밀 기지로 가서 백화점에서 구입한 것들을 전부 전달한 후 다시 클럽 레인으로 향했다.

가는 도중 현화에게 텔레파시를 보내 비밀 기지에 대한 내용과 거점으로 삼기 위한 준비를 해줄 것을 요청했다.

자신의 휘하로 거느리거나 연계를 통해 해결사들 대부분과 접점을 마련한 현화도 거점의 필요성을 느끼고 있었기에 흔쾌히 수락을 했다.

앞으로 닥칠 대변혁에 버금가는 환란을 대비하기 위해 휘하로 거느리게 된 해결사들의 성취를 높일 필요성을 느끼고 있었기 때문일 것이다.

현화와 연락을 끝내고, 아리에 대해 살폈다.

아르고스와 융합한 감각으로도 여전히 암흑뿐이다.

'아리에 대한 것은 여전하군.'

그동안 성취가 높아질 때마다 아리를 살펴봤지만 암흑만이 보일 뿐, 아무것도 나타나지 않는다.

내 반려라고 할 수 있는 아리에 대한 것은 여전히 감감무소식이지만 그래도 안심할 수 있는 것은 아리가 생명의 위협을 느끼게 되면 내가 알 수 있다는 것이다.

'무소식이 희소식이니…….'

갑작스럽게 아리에 대한 느낌이 찾아온다면 좋지 않은 소식일 것이기에 애써 마음을 달랬다.

"무슨 걱정이 있는 거냐?"

"아니야, 형."

"그나저나 그런 비밀 기지를 아무도 모르게 건설할 수 있었다니 놀라운 일이다."

"그렇기는 해. 그 정도 규모면 노출이 되지 않을 수 없는데 말이야. 뒤를 봐주고 있는 자들이 있을 확률이 높아."

"그럴 거다. 자칫 일이 커질 수도 있으니 신중을 기해야 할 거다."

"알고 있어, 형. 일단 JM부터 뒤져 보려고 해."

"유민이에 대한 의뢰도 그렇고, JM에 대한 평판이 아주 좋은 것이 걸리는 모양이구나."

"맞아. 그렇게 평판이 좋다는 것은 의도적이지 않고서는 불가능한 일이니까 말이야."

"하긴, 그렇기도 하다. 연예계라는 곳이 그리 만만한 곳이 아니니까 말이다. 그나저나 대륙천안이 관여한 것이라면 화티엔 그룹의 장천하고도 관련이 있지 않을까 싶은데?"

"그럴 가능성도 있지만 장인석에게 확인해 봤는데, 대륙천안이 독자적으로 움직이고 있는 것 같아."

"중국 정부와 별개로 대륙천안이 움직이고 있다는 거냐?"

"그래, 형. 중국 정부는 지난 전쟁으로 잃은 것들을 복구하려고 하는 것이 주목적이지만, 대륙천안은 다른 것을 목표로 움직이고 있는 것 같으니 말이야."

"다른 것이라니?"

"대변혁에 버금가는 변화가 일어난 이후의 일을 대비하고 있는 것이 분명해 보여."

"으음. 다른 대차원을 연결하는 게이트와 연관이 있는 모양이구나."

"맞아. 모든 가능성을 검토해 봤을 때 분명히 놈들은 세상이 변할 것이라고 판단하고 준비하고 있는 것이 분명해. 그동안 놈들은 다른 대차원의 에너지를 얻으려고 혈안이 되어 있었어. 그리고 비밀 기지를 만든 후 사람들을 병기로 만드는 천인공노할 계획도 진행시키고 있었고 말이야."

"도대체 어떤 일이 일어날지 모르겠다. 하지만 대변혁에 버금가는 일이라니 걱정이다, 성찬아."

"너무 걱정하지 마. 나도 준비를 하고 있으니까 말이야."

"그래. 너라면 잘하겠지. 나는 너만 믿고 있으마."

"고마워, 형."

형과 이야기하는 사이에 어느새 레인에 도착했다.

안으로 들어가 정호영을 만나 JM에 대해 여러 가지 대화를 나누었다.

정호영을 통해서 JM의 실체를 다시 한 번 확인할 수 있었고, 확인을 해야 할 이유가 더 늘었다.

유민이와 윤찬이에 대해서는 졸업시험 전까지 근호 형과 사인방이 맡아주기로 했다.

데뷔를 준비하는 동안 경호원이 되어주기로 한 까닭에 정호영도 적지 않게 안심을 하는 모양이다.

진성 능력자답게 다섯 사람이 가진 능력이 심상치 않다는 것을 느꼈던 것 같다.

각성한 능력자가 아니면서 그에 준하는 능력을 발휘하는 이들이라면 대중에게 관심을 끌지 않고 유민이를 보호할 수 있다는 생각이 들었을 것이다.

그렇게 정리를 하고 나서 JM으로 갔다.

스페이스를 통해 회사의 사정이나 임원들에 대해서는 미리 살펴봤기에 직접 보고 싶어서였다.

통합 대한민국의 엔터테인먼트시장을 좌지우지하는 회사답게 건물이 상당히 컸다.

'아침부터 저렇게 몰려 있다니, 정말 대단하군.'

10층 규모의 건물 주변에 혹시라도 스타를 볼 수 있지 않을까 해서 몰려 있는 수십 명의 팬을 보면서 JM이 가지는 위상을 실감할 수 있었다.

'톱스타들과 대중에게 깔려 있는 착한 이미지를 무너트리기가 쉽지 않겠군.'

장인석의 기억을 읽었을 때 JM의 대표에 대한 정보가 있었다.

JM 엔터테인먼트의 대표인 강재문은 장인석이 예비 진성 능력자들을 납치하는 데 일조하고 있었다.

지하 10층에서 에고화가 진행된 이들 중에 20% 가까이가 JM을 통해 조달된 이들이었다.

각종 오디션이나 캐스팅을 통해 연습생으로 받아들이고 장인석이 납치를 하는 데 물심양면으로 지원을 했다.

그렇지만 장인석에게는 강재문과 납치한 이들에 대한 것 이외에는 정보가 하나도 없었다.

강재문은 그저 자신에게 맡은 일을 해주는 느낌이 강했다.

'엄청난 일을 벌이면서도 장인석과 그것 이외에는 특별한 접점이 없다는 것도 그렇고, JM 사옥에 인식 차단 장치가 은밀하게 설치되어 있는 것을 보면 강재문도 대륙천안과 관련이 있는 자가 분명한 것 같은데…….'

이 정도 규모의 엔터테인먼트를 운영하는 자가 고작 사람들을 납치하는 일만 하지는 않았을 것이 틀림없다.

사람들을 납치하는 것 이외에도 다른 일을 진행하고 있는 것이 분명해 보였다.

'일단 강재문이 알고 있는 정보가 무엇인지 캐내야 할 것 같다.'

사옥 내부를 살펴보기로 했다.

인식 차단 장치가 설치되어 있지만, 내 본성과 아르고스의 능력으로 충분히 사옥 안을 충분히 살펴볼 수 있었다.

감각을 집중해 인식 차단 장치가 드리우는 에너지 패턴의 틈을 뚫을 수 있었다.

층별로 어떤지 하나하나 살펴 나갔다.

'으음, 강재문을 조사하려면 안에 들어가야 할 텐데, 쉽지는

않겠군.'

JM 사옥에는 인식 차단 장치만 있는 것이 아니었다.

상당수 진성 능력자들이 층별로 포진해 있으니 말이다.

"형, 쉽지 않겠는데?"

"무슨 말이냐?"

"저 안에도 진성 능력자들이 상당수 있어, 그것도 하나같이 진성 능력자로 말이야."

"몇 명이나 되는데?"

"각 층별로 열 명씩 모두 150명이 넘어."

"그렇게나 많이 있다는 말이냐?"

"응, 확실해. 저 사옥에 인식 차단 장치가 설치되어 있는 것도 어쩌면 그들이 내뿜는 에너지 패턴을 감추기 위한 것일지도 몰라."

"골치 아프게 됐다. 만만치 않을 것 같다."

"일단 물러나는 것이 좋겠어."

"그러자. 지금은 들어갈 수 없을 것 같으니까."

형도 어느 정도 파악을 한 것인지 내 의견에 찬성했다.

강재문에 대해서는 정보를 더 얻어야 할 것 같으니 아무래도 현화를 만나볼 필요가 있었다.

해결사 세계에 어느 정도 뿌리를 내린 현화라면 강재문에 대해 하나라도 알아낼 수 있을 테니 말이다.

"클럽으로 돌아가자, 형."

"그래."

형과 다시 차를 타고 클럽 레인으로 갔다.

가는 도중에 다시 텔레파시를 보냈다.

— 또 무슨 일이야?

— 알아봐야 할 것이 있어.

— 네가 말한 곳으로 이주할 준비를 해야 해서 바쁘기는 하지만 말해봐.

— JM에 대해서 한번 알아봐 줘.

— 그렇지 않아도 거의 S급에 다다른 이들로 사람들을 붙여 놨어. 조만간 JM에 대해서 알 수 있을 거야.

— 잘했네.

비밀 기지에 대해 듣고 거기까지 생각이 미쳤다니 역시 현화다.

— 다른 것은 없어?

— 사람들이 좀 필요해.

— 사람들?

— JM이 해결될 동안 보호할 사람들이 있어.

— 그 가수가 되겠다는 사람을 보호해야 하는구나?

— 그래.

— 알았어. 그쪽 계통에서 일했던 사람들로 보내줄게. 그런

데 어디로 보내면 돼?

— 클럽 레인이라고 있어. 그곳으로 보내면 될 거야.

— 알았어.

— 바쁠 텐데 고마워.

— 고맙기는! 문주님 말씀이신데. 어떤 명령이든지 언제든 내리기만 해. 내가 만든 조직은 널 위해 있는 거니까.

— 하하하! 알았어.

현화의 말에 든든함을 느끼며 텔레파시를 끊었다.

"현화 씨에게 연락을 한 거냐?"

"그래, 형. JM에 대해서 조사하는 것하고, 클럽으로 사람 좀 보내달라고 했어."

"잘했다. 이주 준비는 잘 되고 있는 것 같냐?"

"잘되고 있는 것 같아."

"다행이다."

"워낙 잘하잖아."

현화를 마음에 두고 있어서 그런지 무척이나 신경이 쓰이는 모양이다.

잘됐으면 좋겠지만 남녀의 일은 당사자들이 해결해야 하는 일이니 그냥 지켜보는 중이다.

어느새 클럽에 도착했다.

안으로 들어가 사무실로 가니 정호영 사장은 보이지 않고 근호 형과 사인방이 윤찬 남매와 함께 있었다.

"왔냐?"

"어, 형. 우리가 없는 동안 고생했어."

"그냥 사무실에 있었던 것뿐인데, 고생이랄 것까지야 있냐. 그나저나 잘 해결된 거냐?"

"급한 것은 해결이 됐는데, 아직 JM이 남았어."

"정 사장님 말씀을 들어보니 만만치 않은 자 같던데, 어떻게 할 생각이냐?"

"조금 있으면 사람들이 올 테니까 윤찬이나 유민이는 걱정하지 않아도 될 거야."

"혹시, 그쪽을 부른 거냐?"

"응, 형."

"그렇다면 걱정을 좀 덜었다."

현화가 온다는 것에 안도하는 모습이다.

졸업시험도 치러야 하고 얼마 있지 않아 샴발라로 떠나야 하는 터라 남매에 대해 걱정을 했었나 보다.

현화와 해결사들이 윤찬 남매를 보호한다면 큰 문제가 없을 터였다.

"윤찬아, 유민아."

"예, 성찬이 형."

"예, 성찬 오빠."

"정 사장님이 잘 케어해 주겠지만, 너희를 보호해 줄 사람들을 붙여주려고 한다."

"성찬이 형이 해준다면 문제가 없겠네요."

윤찬이 전적으로 믿어주니 기분이 좋다.

"자식! 걱정하지 마라. 유민이는 데뷔 준비 잘하고."

"알았어요. 오빠."

현화가 오늘 중으로 사람들을 보내기로 했다.

엔터테인먼트 쪽과 관련한 일들을 주로 했던 해결사들을 보내주기로 했으니 걱정하지 않아도 될 것이다.

장인석과 관련된 일에 대해서는 굳이 말해줄 필요가 없기에 앞으로 어떻게 할지 대화를 나누는 가운데 얼마 지나지 않아 정호영 사장이 돌아왔다.

정호용과 단둘이 나눌 이야기가 있다고 말하자 다들 회의실이 있는 곳으로 갔다.

"어떻게 됐습니까?"

"예. 일단 급한 불은 껐습니다. 하지만 JM은 아직 건드리기가 힘든 상태라 물어볼 말이 있습니다."

"말씀하십시오."

"JM에 대해서 알고 계신 것이 있습니까?"

"으음."

고민하는 것을 보니 뭔가 있는 것 같다.

"걱정하지 말고 말씀을 해보십시오."

"JM 대표인 강재문은 정치권과 연관이 깊은 자입니다. 특히나 여당의 실세와 관련이 있는 것 같습니다."

"정치권과요?"

"옛날처럼 연예인을 이용해 성 상납 같은 것을 하는 것은 아니지만, 여당 인사들의 이미지 메이킹에 도움을 주거나 자금 지원도 하는 것 같습니다."

"그렇군요. 혹시 다른 것은 없습니까?"

"JM의 자본 중에 절반 가까이가 화교 자본입니다."

"화교가 자본을 댔다는 말입니까?"

"그렇습니다. 10년 전에 JM이 사세를 확장하고 중소 엔터테인먼트사를 흡수 합병할 때 동남아시아 쪽 화교들이 자본을 댄 것으로 알고 있습니다."

"그렇군요."

정치권도 그렇고, 화교 자본이 유입되었다는 것을 보니 일이 재미있게 돌아간다.

"혹시 다른 것은 없습니까? 소속 연예인들이나 연습생에 대한 것이라거나, 그런 것 말입니다."

"사촌 동생 놈이 제 곡들을 훔쳐간 것을 제외하고는 그 부분에 대해서는 철저한 편입니다. 연예인들 관리도 그렇고, 연습생들도 각자 실력에 따라 철저하게 관리하고 있고 말입니다."

"연습생들을 실력에 맞게 철저하게 관리한다는 것은 무슨 말입니까?"

"매분기마다 평가를 거쳐 데뷔가 어려운 이들은 곧바로 퇴출을 시킵니다. 거의 전국적인 오디션을 통해 연습생을 뽑고, 키우는 동안 많은 자금이 들어가는데도 불구하고 투자금을 회수하지도 않습니다. 퇴출된 연습생들이 불만을 갖지 않을 정도로 말이죠. JM이 업계에서 탑이 된 것도 이런 시스템 때문이라는 게 정설입니다."

"그렇군요."

비밀 기지에 납치된 이들이 어떤 식으로 선정이 됐는지 대략 감이 잡힌다.

화교 자본이 유입되며 대륙천안이 JM에 자리를 잡았을 것이고, 오디션을 통해 2차 각성이 가능한 자를 선별했을 것이다.

그렇게 뽑힌 이들은 JM에 소속된 후 연습을 하는 동안 관찰을 당했을 것이고, 적합 대상이 선별되면 퇴출이라는 수순을 밟은 후에 장인석을 통해 비밀 기지로 납치되었을 것이 분명했다.

"혹시 오디션을 주관하는 사람들에 대해서나 JM의 연습생들을 가르치는 사람들에 대해서 알 수 있습니까?"

"그건 조금 어려울 것 같습니다. 다른 엔터테인먼트 업체에서 말씀하신 사람들을 섭외하려고 했지만, 철저하게 비밀로 하고 있어서 말입니다."

"그렇군요."

대륙천안에서는 JM을 이용해 조직적으로 납치할 대상자를 모으고 있는 것이 거의 확실해졌다.

"정 사장님."

"예."

"오늘 저녁에 이곳으로 유민이를 케어하기 위해 사람들이 올 겁니다."

"그건 좀……."

"연예계 쪽에서 일하던 사람들이라 지시를 하시면 그대로 움직일 테니 불편하지는 않을 겁니다."

"알겠습니다."

"그리고 JM에 대해서는 제가 맡을 테니 유민이에게 집중해 주십시오."

"알겠습니다."

내가 없는 동안 윤찬이에게 나에 대해 들었는지 쉽게 수긍을 한다.

"그럼 저는 이만 나가보겠습니다."

"그러십시오. 회의실로 가시면 윤찬이하고 유민이를 이곳으로 보내주십시오. 앞으로 어떻게 할지 의논을 해야 할 것 같아서 말이죠."

"알겠습니다."

곧바로 정호영의 사무실을 나와 회의실로 갔다.

"성찬아, 정 사장님하고 이야기가 끝난 거냐?"

"응, 형. 대충 마무리를 지었어. 윤찬아, 유민아, 너희들은 사장님에게 가봐라."

"사장님한테요?"

윤찬이 궁금한 듯 물었다.

"앞으로 어떻게 할지 의논을 할 모양이다."

"알았어요, 형."

남매가 회의실 밖으로 나갔다.

"다들 모여. 해줄 이야기가 있으니까."

사람들을 내 앞으로 모이게 했다.

내 말투에 개인으로서가 아니라 문주로서 하는 말이라는 것을 느낀 듯 다들 긴장한 표정이다.

"JM을 처리하는데 우리도 나서는 거냐?"

"나설 필요는 없어. 내가 해결할 생각이니까."

"알았다."

근호 형이 서운한 것 같지만 어쩔 수 없는 일이다.

아직 그자들을 압도적으로 상대할 정도의 실력이 되지 않으니 말이다.

"그럼 우리는 어떻게 해야 하나?"

"성진 형과 나는 JM을 해결해야 하니 여기 있어야 하고 형은 갈 곳이 있어."

"갈 곳?"

"후후후, 이번에 제자들을 받아들였으니 수련을 좀 시켜줘야 할 것 같아."

"제자들이라니 무슨 말이냐?"

"여기서 할 이야기는 아닌 것 같으니까 자세한 것은 집으로 가서 말해줄게."

"알았다."

집에서 형과 비밀 기지에 있는 이들에 대해서 의논을 했다.

어차피 2차 각성을 위해 샴발라로 가야만 하는 이들이라 가기 전까지 근호 형과 사인방을 통해 수련시키기로 의견을 모았다.

장인석이 에고화를 진행시키면서 차원통제사가 갖추어야 할 전반적인 지식들이 주입된 상태였기 때문이다.

수련으로 어느 정도 육체적 능력만 끌어 올리면 2차 각성 시 A급 이상의 진성 능력자가 될 수 있을 것이다.

샴발라로 가기까지 시간이 얼마 남지 않았기는 하지만 문제는 없었다.

근호 형과 사인방의 성취가 중국으로 떠나기 전의 성진이 형 정도 수준은 되는 터라 충분할 것이다.

제 3 장

한국 엔터테인먼트 산업의 대표 주자라고 할 수 있는 JM의 대표실에 여러 사람이 모여 있었다.

대표인 강재문을 비롯해 각 분야의 팀장급 트레이너들이 모여 있었는데, 분위기가 무척이나 침중했다.

강재문은 지금 속이 타들어가고 있었다.

10년을 준비하고 철두철미한 계획 아래 지난 1년간 진행시킨 프로젝트를 담당하고 있는 장인석이 사라져 버렸기 때문이다.

좌중을 둘러 본 강재문이 침중한 어조로 입을 열었다.

"아직도 연락이 되지 않는 건가?"

"그렇습니다. 텔레파시는 물론이고, 생체 반응 또한 나타나지 않고 있습니다."

"마지막 한 명만 채우면 프로젝트가 끝나는데, 이렇게 연락이 두절되다니……."

최소한 A급 진성 능력자가 될 수 있는 자들을 선발해 수족으로 대륙천안의 첨병으로 만들려고 했던 프로젝트에 따라 마지막 대상자가 비밀 기지로 향했다면 연락이 오고도 남을 시간이었다.

문제가 생긴 것 같아 접점을 가지고 있던 수하에게 연락을 취하도록 했지만, 아무런 반응이 없는 것을 보면 심각한 문제가 발생한 것이 분명했다.

'뻐꾸기 알이 부화되지 않으면 대계에 차질이 생긴다. 그리고 내 목숨도…….'

시천종이 승인한 계획이 실행되는 동안 종주의 명령으로 비밀리에 추진되는 프로젝트가 무산이 되면 자신의 목숨도 위험해질 수 있기에 강재문은 위기감을 느꼈다.

"장인석의 행방을 파악하는 데 주력한다. 48시간 내에 장인석의 소재를 파악하지 못하면 종막을 가동한다."

"으음."

"음……."

최후 명령이 강재문의 입에서 흘러나오자 모여 있던 이들의 입에서 신음이 흘러나왔다.

강재문의 명령은 자신들의 정체가 드러났다는 전제하에 떨어지는 것으로 어렵게 만든 한국 내 거점을 폐쇄하는 것은 물론이고, 마지막에는 조직의 인원들이 전원 옥쇄하는 것 까지 포함된 최후의 명령이었던 것이다.

"모두 나가 봐라."

자리에 있던 이들이 일제히 일어서서 대표실을 나갔다.

강재문은 비서와 연결되는 인터폰을 들었다.

— 찾으셨습니까, 대표님?

"오늘부터 사흘간 연습생들에게 휴가를 주도록 해요."

— 휴, 휴가 말씀입니까?

"각 분야 트레이너들에게 합동 연수를 지시해서 회사에 없는 동안 휴가를 주는 것이니 연습생들은 다른 데 정신 팔지 말고 집에서 푹 쉬다 오라고 전하세요. 각 팀장들은 관리에 신경을 쓰도록 전하세요."

— 알겠습니다, 대표님.

장인석의 행방을 찾기만 하면 JM 회사는 정상적으로 운영할 수 있기에 휴가를 내렸지만, 그럴 것 같지 않다는 느낌이 강하게 들어 강재문의 인상은 펴질 줄 몰랐다.

장인석과 연락이 되지 않을 뿐이었지만, 국정원이 개입했을 최악의 상황까지 상정한 후 명령을 내렸기 때문이었다.

"만약 국정원이 개입을 한 것이라면 문제가 정말 커진다. 한국 내 거점을 말소시키는 것만으로는 끝내지 않을 자들이니까. 그자들과 연계가 가능하다면 좀 더 빨리 프로젝트를 끝낼 수 있었을 텐데……."

주석인 시천종이 승인한 계획을 실행하고 있는 자들에게 협력을 구할 수는 없었다.

진행하고 있는 프로젝트가 대륙천안의 그늘에서 벗어나려 하고 있는 시천종의 움직임도 대비한 것이었기 때문이다.

"단순히 연락이 두절된 것이라면 좋을 테지만, 생체 반응까지 없는 것을 보면 그럴 리도 없고……. 바빠지겠군."

국정원의 개입까지 가정한 상황이라 철수할 준비를 서둘러야 했기에 강재문은 곧바로 사무실을 떠났다.

강재문은 곧바로 지하 주차장으로 내려가 차를 타고 JM 본사를 떠났다.

그리고 평범해 보이는 차량을 직접 몰고 인천 쪽으로 향하는 그의 뒤를 멀리서 은밀히 따르고 있는 이들이 있었다.

강재문보다 JM을 먼저 떠났던 트레이너들에게도 미행하는 이들이 붙은 것은 마찬가지였다.

현화가 보낸 이들이 클럽에 도착하자 정호영은 무척이나 만

족했다.

그들 중 몇 명은 정호영 사장과도 안면이 있었는데, 연예계의 어려운 일들을 해결해 주는 사람들이라는 것을 알고 있었기 때문이다.

남매와 정호영을 부탁한 후 근호 형과 사인방을 데리고 집으로 갔다.

비밀 기지와 사람들에 대해 설명해 주고 수련을 부탁하기 위해서였다.

집에 들어서자마자 궁금증을 참지 못한 듯 근호 형이 물었다.

"그래, 해줄 말이라는 것이 뭐냐?"

"유민이를 납치한 자를 추적했어. 장인석이 프리랜서로 뛰고 있는 청화로 갔는데……."

그동안 있었던 일에 대해서 모두 말을 해주었다.

"으음, 나는 단순히 JM에서 유민이와 정 사장을 노리는 줄만 알았는데, 그런 일이 있었다니 놀라운 일이다. 그런데 우리가 그들을 수련시키는 것이 가능하겠냐? 아직도 배우는 중인데 말이다."

"걱정하지 않아도 돼. 내가 보기에는 충분하니까 말이야. 졸업시험 전까지는 심법 위주로 가르치고, 이후에는 암자에서 수련한 대로 가르치면 될 거야."

"알았다. 네 말대로 2차 각성을 하기 전까지는 함부로 바깥에 돌아다닐 수 없을 테니, 그렇게 하는 것이 좋겠다. 그런데 그 사람들을 샴발라로 어떻게 데려갈 생각이냐?"

"방법이 있으니까 그건 나에게 맡겨두면 돼."

"네가 그렇다면 우리는 수련만 신경 쓰면 되겠구나."

"그래, 형. 그래서 지금 스킨 패널을 이식하려고 해."

"스킨 패널을 벌써 이식한다는 거냐?"

"그래야 할 것 같아."

"뭐, 알았다. 어차피 샴발라에 가기 전에 이식은 해야 하니까."

차원통제사들은 반드시 스킨 패널을 이식해야 한다.

여러 가지 부가 기능이 있기는 하지만 그런 기능보다는 차원 간 이동 상황에서 자신을 고정하는 기준점이 되는 것이 스킨 패널이기 때문이다.

근호 형과 사인방에게 이식하려는 스킨 패널을 일반적인 차원통제사가 이식받는 것과는 차원이 다른 것이다.

일반적인 스킨 패널의 기능을 모두 포함할 뿐만 아니라 내가 준 전투 슈트와 연동이 되고, 성장에 따라 나중에 에고까지 담을 수 있는 특별한 것이다.

형과 나는 센터에서 이식받은 것을 이미 새로운 스킨 패널로 교체한 상태다.

내가 가지고 있는 스킨 패널은 언제든지 다른 것들과 연결을 할 수 있어 차고 있는 상대의 상태를 살필 수도 있다.

스페이스의 도움을 받아 차례대로 스킨 패널을 이식했다.

일반적으로 피부를 얇게 갈라 이식하는 방식이 아니라 피부 아래에 마법진을 만들어 대상자의 생체 조직을 활용해 스킨 패널을 생성해 내는 방식이라 시간은 얼마 걸리지 않았다.

마지막으로 작업을 끝낸 근호 형은 이식하는 방법이 다른 것을 알아차리고 놀람을 감추지 않았다.

"조금 아플 줄 알았는데, 이렇게도 가능하다니 놀랍다, 성찬아."

"최신형이라서 그래."

"이제 다 끝난 거냐?"

"그래, 형"

"전투관제학 시간에 배우기는 했지만 이건 조금 다른 것 같은데, 어떤 기능이 있는 거냐?"

"배운 기능은 다 들어 있고, 우리끼리는 통신 이외에 텔레파시도 가능해. 그리고 전투 슈트와 정신을 연동할 수 있고, 나중에 에고를 활성화시키면 담을 수도 있을 거야"

"우와! 미치겠다. 그런 것도 가능하니 정말 놀랍다. 그런데 어떻게 이런 것이 가능한 거냐?"

"아직은 알려줄 수 없는 것이니까 나중에 알려줄게."

"이것도 2차 각성을 한 후에 알 수 있는 거냐?"

"응, 형."

"알았다."

근호 형을 비롯해 사인방이 암자에 펼쳐 있는 결계처럼 기존에 알려지지 않았던 특별한 것들에 대해 많이 궁금해했지만, 2차 각성 뒤로 설명을 미뤄뒀더니 수긍하는 눈치다.

이번에 하려는 것도 궁금해할 테지만 2차 각성을 하기 전까지는 비밀이다.

1차 각성으로 깨달은 본성에 영향을 끼치면 안 되니 말이다.

"스킨 패널에 마법진 하나를 심어두었어, 형."

"마법진?"

"비밀 기지로 가는 공간 이동 마법진인데, 삼차원 홀로그램으로 만들어진 거야. 생각만으로 구현이 되는 거고, 어느 곳에나 만들 수 있지만 당분간은 이곳에서만 쓰도록 해."

"이것도 나중에 알려줄 거지?"

"하하하, 맞아. 형에게만 심어져 있는 거니까 이동을 하려면 다 같이 해야 할 거야."

"알았다."

근호 형에게 마법진을 구현하는 방법을 알려줬다.

이미 좌표가 설정이 되어 있고, 사용자 인식이 되어 있는 것이라 근호 형은 곧바로 마법진을 구현할 수 있었다.

"이왕 마법진이 완성되었으니 곧바로 가는 것이 좋겠다. 성진이 형과 나는 JM 문제를 해결하고 가도록 할게."

"조심해라. 네 말대로 사람들을 납치해 그렇게 만들었다면 예사 놈들은 아닌 것 같으니 말이다.

"걱정하지 마."

근호 형과 사인방은 곧장 마법진을 구동시켜 비밀 기지로 갔다.

현화를 만나 마법진을 전하면 그녀도 곧장 갈 것이기에 수련에는 문제가 없을 터였다.

— 어디야?

— 강재문을 미행하는 중이야.

— 다른 자들은?

— 수하들이 미행하고 있는 중인데, 장인석의 행방을 수소문하는 것 같아.

— 강재문이나 그자의 수하들 수준은 어때?

— 트레이너로 위장한 강재문의 수하들은 전부 A급 진성 각성자들이야. 하지만 그자는 아니야. 그래도 상당한 능력을 가진 것으로 보이니 아무래도 무인 같아.

— A급 진성 각성자를 휘하로 둘 정도의 무인이라면 화경을 넘어선 자로군.

— 그래. 거의 S급 진성 능력자에 맞먹는 능력이지.

— 그자는 지금 어디 있어?

─ 인천 차이나타운에 왔어. 조금 전에 화봉이라는 중국집으로 들어갔는데, 아무래도 분위기가 오래 머물 것 같아.

─ 그럼 내가 상대할 테니까 감시하는 사람 하나만 남겨 놓고 나머지 놈들을 제압해 줘.

─ 알았어. 그렇게 할게.

─ A급 진성 능력자들이니까 제압할 때 조심하도록 해.

─ 걱정하지 마. 예전의 내가 아니니까 말이야.

─ 걱정하지는 않지만 만약을 모르는 놈들이라 그래. 그리고 작업이 끝나면 이동할 수 있도록 비밀 기지로 갈 수 있는 공간 이동 마법진하고 사용 방법을 지금 전송할 거야. 스킨 패널에 저장하고 사용하도록 해. 그리고 비밀 기지에는 너하고 장호, 그리고 직속 수하들만 이용할 수 있도록 해줘.

─ 알았어. 그만 끊어.

─ 그래.

현화와의 텔레파시를 끊었다.

내가 텔레파시를 개방해 놓아서 형도 이미 들었기에 차에 시동을 걸고 있었다.

차를 타고 곧장 차이나타운으로 향했다.

화봉이라는 3층짜리 중국 음식점 보이는 곳에 차를 주차시키고 감시를 하고 있는 현화의 수하들에게로 갔다.

똑! 똑!

문을 두드리자 창문이 스르르 열렸다.

"오셨습니까, 보스?"

"강재문은 어떻습니까?"

"안으로 들어간 후 나오지 않고 있습니다."

"이제부터 여기는 우리가 맡을 테니 현화를 도우세요."

"알겠습니다."

나를 보스로 부르고는 있지만 전적으로 현화를 믿고 따르는 이들이라 A급 진성 능력자를 제압하는 것을 돕고 싶었는지 곧바로 시동을 걸고 차를 움직였다.

"저기도 인식 차단 장치가 작동하는 것을 보면 예사 장소가 아닌 것 같은데, 곧바로 쳐들어갈 생각이냐?"

"그래야 할 것 같아, 형."

인천까지 오며 형과 의논을 했다.

지켜보며 뒤를 캐는 것도 좋지만, 졸업시험과 2차 각성을 하기 위해 샴발라로 가야 하는 시간이 얼마 남지 않은 까닭에 강재문을 곧바로 제압하기로 한 것이다.

하지만 화봉에 인식 차단 장치가 켜져 있는 것을 느낀 성진이 형은 위험할 수 있다고 생각한 모양이다.

"장인석을 수소문하는 것을 보면 상황을 파악하지 못한 것이 분명해. 대륙천안에는 아직 연락을 하지 않았을 테니 최대한 빨리 제압하고 흔적을 지우는 것이 좋은 것 같아."

"그것도 좋은 방법이기는 하지만 저기서 싸움을 벌이게 되면 국정원에서도 알 거다."

"그건 걱정하지 않아도 돼. 주변에 인식 장애 결계를 치면 화봉에서 일어나는 일들이 밖으로 나가지는 않을 테니까 말이야."

"그런 것도 가능 한 거냐?"

"응, 형."

"그래. 그렇다면 들어가자."

형과 함께 화봉으로 갔다.

─ 스페이스, 주변에 결계를 펼쳐.

─ 알겠습니다, 마스터.

아공간에 보관된 에너지 스톤을 사용해 스페이스가 화봉 주변에 인식 장애 결계를 설치했다.

마도학의 10단계 마법과 환상을 불러일으키는 진법을 혼용해 만들었으니 안에서 일이 벌어진다고 해도 아무도 알아차리지 못할 것이다.

입구에는 금일 휴업이라는 명패가 걸려 있었고, 문이 잠겨 있었다.

'부숴야겠군.'

손잡이를 잡고 에너지를 침투시켜 안쪽에 있는 잠금 장치를 부숴 버렸다.

문을 열고 안으로 들어가니 사방에서 번쩍이며 붉은빛을 토

해내고 있는 경고등이 보인다.

문이 부서지는 순간에 발생한 신호가 곧장 경고등을 작동시킨 것 같다.

침입자가 있다는 것을 알았을 테니 금방 달려올 것이 분명하기에 식탁이 놓여 있는 1층 홀의 중앙으로 갔다.

우르르르르르!

편안한 복장을 하고 있기는 하지만 상당한 기세를 흘리는 자들이 사방에서 우르르 몰려나와 우리를 포위했다.

'비첩에 필적할 만한 무위를 가진 자들이다.'

몰려나오는 자들을 살펴보니 투박한 식도나 단검 같은 것을 쥐고 있을 뿐, 특별한 무기 같은 것은 없었지만 하나같이 무인들이다.

'진성 능력자나 유물 능력자라면 국정원의 첩보망에 진즉에 걸렸을 테니 무인들로 세력을 꾸민 모양이구나.'

2차 각성을 하면 충분히 진성 능력자가 되고도 남을 자들이 각성을 늦추고 한국에서 조직을 꾸민 것을 보면 국정원에 노출되는 것을 최대한 피하려 한 것이 틀림없다.

이 정도로 은밀한 조직이라면 진성 각성자가 될 만한 이들을 꼭두각시로 만들어 대한민국을 분탕질 치려는 것이 틀림없는 것 같다.

'강재민이 달아날 수도 있으니 최대한 빨리 처리를 해야 할

것 같다.'

결계를 쳐 두었지만 만약의 사태를 대비해야 한다.

사건의 열쇠를 쥐고 있는 강재민을 확보하는 것이 우선이기에 형과 나를 포위하고 있는 자들을 빠르게 처리할 필요가 있다.

— 형, 최대한 빨리 끝내자.

— 알았다.

렉스와 샤벨을 꺼냈다.

아공간 마법을 이용해 하급 에너지 스톤 하나에서 장전되는 에너지 탄환이 1,000발씩인 렉스와 샤벨은 자동 연사가 가능하다.

하지만 위력이 너무 강하기에 출력을 줄일 필요가 있다.

여기에 있는 자들을 죽일 필요는 없으니 기절할 정도의 출력으로 조절한 후 샤벨을 형에게 던졌다.

슈슈슝!

슈—슈슈슈슝!

갑자기 총이 나타나고 형과 내 손에 쥐어지자 놀람을 감추지 않는 자들을 향해 에너지 탄을 발사했다.

에너지 탄을 맞자 붕 떠오르며 뒤로 날아가는 자들을 살필 틈도 없이 연이어 쏴댔다.

제대로 된 싸움이랄 것도 없이 일방적으로 놈들을 쓰러트린 후 곧바로 2층으로 올라갔다.

타─타타타탕!

계단을 오르려 하자 2층에 있는 놈들이 총을 쏘기 시작했지만 전투 슈트에서 자동으로 만들어진 배리어가 탄환을 모조리 튕겨냈다.

형과 나는 한 명, 한 명 놈들을 처리하고 곧바로 2층으로 올라가 룸을 돌며 저항하는 자들을 전부 기절시켰다.

─ 스페이스, 강재문은?

─ 아직 3층에 있습니다만, 조금 이상합니다.

─ 뭐가?

─ 아무래도 2차 각성을 한 것 같습니다.

─ 으음, 이런 곳에서 2차 각성을 하다니 뭔가 있군.

2차 각성은 성지로 일컬어지는 샴발라에서만 가능하다고 알려져 있는데, 이런 곳에 했다니 의문이 아닐 수 없다.

─ 놈이 빠져나가지 못하게 결계를 강화해 줘.

─ 예, 마스터.

퍼지는 에너지 역장이 심상치 않았기에 스페이스에게 말하고 곧장 3층으로 올라갔다.

형도 심상치 않은 것을 느꼈는지 내 뒤를 따라 곧바로 움직였다.

마치 체육관처럼 꾸며진 3층에는 두 사람만 있었다. 한 명은 강재문이었고, 또 다른 한 명은 정보에 없는 자였다.

― 스페이스, 저자는 누구지?

― 모르겠습니다. 하지만 한국인이 아닌 것은 분명합니다. 그리고 출입국 기록에도 없는 자입니다.

― 대륙천안이 보낸 자가 분명하군.

이곳에서 2차 각성을 한 것은 강재문과 정체를 알 수 없는 자였다.

― 형, 대륙천안에서 온 자 같아. 내가 강재문을 맡을 테니 형은 저자를 맡아줘.

― 알았다.

― 에너지 탄으로 신경을 분산시킨 후 곧바로 치는 것이 좋겠어.

― 염려하지 마라.

금방 각성을 했는데도 불구하고 퍼져 나오는 역작을 보면 최소한 A급 진성 능력자가 분명하지만 형에게 맡겼다.

슈―슈슈슝!

슈―슈슈슝!

렉스와 샤벨의 총구에서 푸른 빛 섬광이 놈들을 향해 발사가 됐다.

퍼퍼퍼퍼퍼퍼퍽!!

생각만으로 능력을 발휘할 수 있는 진성 능력자답게 배리어가 작동을 하며 에너지 탄이 막혔다.

파—팟!

어차피 출력을 낮춰둔 것이라 큰 기대를 하지 않았기에 형과 나는 곧장 둘을 향해 뛰어 들었다.

렉스와 샤벨을 사용하는 것은 틈을 찾기 위해서였고, 우리의 의도는 성공을 했다.

쾅! 콰—콰쾅!

비갑을 이용해 놈들에게 타격을 가했다.

주먹을 놈들을 감싸고 있는 배리어에 틀어박았다.

에너지 탄과는 달리 강력한 의지를 동반한 공격에 배리어가 깎여 나갔다.

'얼마 지나지 않아 배리어가 사라지겠군.'

배리어를 이용해 우리의 공격을 잘 막아내고 있지만 얼마 버티지 못할 것이라는 생각이 들었지만 그것은 오산이었다.

얼마 지나지 않아 배리어가 사라진 후 놈들의 공격이 시작되었기 때문이다.

배리어는 2차 각성이 완전히 끝나기 전까지 그저 보호만 해주는 것이었던 것이다.

퍼—퍼픽!

놈들의 공격은 거셌다.

제법 형을 갖춘 무예를 익힌 것인지, 공격 하나하나가 치명적인 것들이었다.

놈들에게 맞서 공방을 주고받았지만, 전혀 초조한 빛이 보이지 않는 것을 보니 마치 몸을 푸는 것만 같았다.

— 형, 조심해야 할 것 같아. 두 번째 단계로 출력을 높이는 것이 좋겠어.

놈들이 능력을 발휘하는 것이라는 생각에 형에게 텔레파시를 보내고 전투 슈트의 출력을 높였다.

피—피피핏!

얼음으로 만들어졌지만, 강철에 버금가는 강도를 가진 화살들이 나에게 날아들었다.

형에게는 불덩어리들이 날아가고 있었다.

놈들이 능력을 발휘하기 시작한 것이다.

갑작스럽게 얼음 화살과 불덩어리를 만들어 공격하는 것을 보면 놈들의 능력은 변화계가 분명하다.

다른 차원에 존재한다는 마법사들처럼 계산을 통해 발휘하는 마법이 아니라 의지만으로 속성을 부여할 수 있는 초능력에 가까운 능력자들이 틀림없었다.

내 예상처럼 놈들의 신체가 변하기 시작했다.

나에게 얼음 화살을 날리는 강재문의 몸은 푸른빛이 감돌며 투명하게 변했고, 형에게 공격을 가하고 있는 자는 전신에 불덩어리가 일렁이고 있었다.

'속성 변환계라면 제압하는데 문제는 없겠다.'

전투관제학을 수강하면서 속성을 가진 변환계 능력자들을 상대하는 방법을 배웠다.

상대와 극성인 능력을 사용하는 것이 정석이기는 하지만 그런 능력을 맞춰서 보유하고 있는 것은 불가능하기에 교수님으로부터 배웠던 무직막지한 방법이다.

— 스페이스, 저자들의 속성 에너지를 드레인하는 것이 충분히 가능하지?

— 염려 마십시오.

스페이스에게 확인을 받고 형에게 텔레파시를 보냈다.

— 형, 드레인을 쓰자.

— 가능한 거냐?

— 충분히 가능하니까 아주 쪽 빨아버리자.

— 알았다.

속성 변환 능력자들의 근본적인 힘인 스피릿 에너지를 흡수는 쪽으로 가닥을 잡았다.

2차 각성을 한 이후에나 시도할 수 있는 방법이기는 하지만 전투 슈트가 2단계로 활성화된 이상 무리 없이 쓸 수가 있어 선택한 방법이었다.

전투 슈트를 이용해 펼치는 드레인의 원리는 간단하다.

에너지 스톤은 담겨 있는 에너지를 마법이나 전투 슈트를 기동하는데 사용할 수 있다.

에너지가 비워지면 자연적으로 다시 회복이 되는데, 이런 현상을 강제적으로 작동시키는 것이다.

전투 슈트의 마나 엔진을 역으로 돌려 상대가 가진 본질적인 에너지를 강제로 에너지 스톤에 저장시키는 것이다.

전투관제학 시간에 드레인을 배울 때 상대가 가진 에너지의 본질을 파악하기 위해 무척이나 고생을 했다.

현역으로 뛰고 있는 차원통제사들이 특별 강사로 초청되어 다양한 종류의 에너지를 몸으로 직접 체험을 해야 했기 때문이다.

— 시작하자, 형.

파—파파팟!

스피릿 에너지를 흡수하기 위해서는 일단 놈들의 신체와 접촉을 해야 하기 때문에 우리 둘은 빠르게 접근을 했다.

원거리 공격을 피해 놈들에게 빠르게 파고들자 당황한 빛이 역력하다.

절대 영도에 가까운 한기를 내뿜는 강재문은 전투 슈트를 입었다고는 하지만 아무렇지 않게 자신의 손을 잡는 나를 보고 경악을 금치 못하는 것 같다.

콰—직!

얼음 화살을 생성해 내던 놈의 손에 덮인 강철보다 단단한 얼음을 악력으로 부숴 버린 후 드레인을 가동하자 강재문의 스피릿 에너지가 내가 착용하고 있는 전투 슈트의 마나 엔진으로 흘러들기 시작했다.

드레인을 사용하게 되면 가장 무리가 가는 것이 바로 전투 슈트에 장착된 마나 엔진이다.

역으로 가동하는 만큼 부하가 걸리고, 전투 슈트의 기본적인 방어 시스템을 유지해야 하기 때문이다.

하지만 형과 내가 착용하고 있는 전투 슈트는 그런 문제를 해결한 것이다.

보통 두 개의 마나 엔진이 장착되어 있지만, 형과 내 것은 세 개의 마나 엔진이 유기적으로 움직이는 것이기 때문이다.

스피릿 에너지를 강제로 빼앗기자 강재문의 몸을 둘러싸고 있던 얼음들이 빠르게 녹아내렸다.

형이 맡고 있는 자의 몸에서 타오르던 불꽃들도 빠르게 수그러들고 있었다.

"커억!"

"크으윽!"

두 놈 다 고통스러운 비명을 지르며 몸을 떨기 시작했다.

우리에게 스피릿 에너지를 빼앗기며 본성에 타격을 입었기 때문이다.

털썩!

털썩!

형과 내가 바이탈을 유지할 수 있는 최소한의 스피릿 에너지만 남기고 손을 떼자 두 놈이 바닥으로 쓰러졌다.

스르르르!

고글 형태의 투구가 사라지며 형의 얼굴이 보이기에 나도 해제를 했다.

"처음 시도해 보는 건데, 다행이다."

"후후후, 걱정하지 말라고 했잖아."

"그나저나 엉망이구나."

형이 맡은 쪽은 불기운 때문에 타다만 재들이 날리고 있었고, 내가 맡은 쪽은 녹은 얼음으로 인해 온통 젖어 있어 말이 아니었다.

"이자들은 어떻게 할 생각이냐?"

"알아낼 것이 많을 것 같으니 비밀 기지로 데려가야겠어."

샴발라도 아닌 이곳에서 2차 각성을 한 이유도 알아야 하고, 대륙천안이 계획하고 있는 것도 알아야 하기에 강재문과 다른 자를 비밀 기지로 데려갈 필요가 있었다.

"나머지도 데려갈 거냐?"

"그래야 할 것 같아."

"머물 공간이 없는 것 같은데, 어떻게 할 생각이냐?"

"에고로 만드는 장치를 사용하고 풀어줄 생각이야."

"놈들의 계획을 거꾸로 사용할 생각이냐?"

"응."

"점조직으로 운영되고 의혹이 있으면 가차 없이 쳐 내는 대류천안인데, 파고들어 갈 수 있을까?"

"좀 더 알아봐야겠지만, 분명 방법이 있을 거야."

"네가 그렇다면 괜찮은 방법이겠지. 일단 옮기도록 하자. 현화 씨도 놈들을 잡아 올 테니."

"그래, 형."

제압한 자들을 옮겨야 했기에 일회용이라 아닌 고정 마법진을 생성한 후 둘이서 한 놈씩 들쳐 업고 비밀 기지로 옮겼다.

정신과 영혼을 에고화시키는 작업은 스페이스가 주관하는 것이라 유리관 안에 옮겨놓기만 하면 됐다. 제압한 자들을 옮기는 데 걸린 시간은 얼마 되지 않았다.

전부 이동시킨 후 스페이스에게 생각해 두었던 지시를 내렸다.

형과 싸웠던 정체를 알 수 없는 자의 기억과 제압한 다른 자들의 기억에서 정보를 얻어 대류천안의 계획을 보다 정확하게 파악하기 위해서였다.

— 스페이스, 에고화시키면서 정보를 최대한 모아봐. 다른 자들이 알고 있는 것 중에 의외의 정보가 있을지 모르니 말이야.

— 알겠습니다, 마스터.

스페이스가 에고화를 진행하는 동안 지하 1층으로 올라가 설치되어 있는 장비들을 살폈다.

대류천안은 현화나 장호처럼 복제 인간의 신체에 뇌를 이식하는 것은 물론이고, 2차 각성 시 출중한 능력을 각성할 수 있는 사람들의 의식을 에고화시키고 있었다.

초월자에 가까운 S급 진성 능력자의 정신을 허무는 것은 불가능한 일이라 제약을 가한 복제 신체에 뇌를 이식하는 것이고, 2차 각성을 하지 않은 예비 진성 능력자들은 정신을 허물어 에고화시키는 것이 분명했다.

얼핏 자신들에게 반하는 능력자들을 마음대로 부릴 수 있도록 하는 것이 목적인 것 같지만, 아무래도 또 다른 의도가 있는 것 같아 보였다.

몇 가지 일을 동시에 진행하는 것이 가능하기에 장비를 살펴본 후에 스페이스를 호출했다.

— 스페이스!

— 예, 마스터.

— 티엔샤 바이오에 있던 장비들과 여기에 있는 장비들의 연관성을 한번 살펴봐 줘.

— 알겠습니다.

스페이스에게 부탁을 한 후 현화를 호출했다.

— 어떻게 됐어?

— 다행히 모두 제압했어. 그리로 가면 되는 거야?

— 그래. 귀찮겠지만 이리로 옮겨줬으면 해.

— 알았어.

얼마 지나지 않아 현화가 사람 하나를 들쳐 메고 모습을 드러냈다.

형이 곧바로 다가가 제압된 자를 넘겨받았다.

"고생했습니다."

"고생은요."

서로 존대하는 형과 현화를 보니 아직 갈 길이 먼 것 같다.

'그냥 대시를 하지.'

거절이 두려워 현화에게 자신의 마음을 표현하지 못하는 형의 모습이 답답하지만 어쩔 수가 없다.

"다른 사람들은?"

"제압한 장소가 다 달라서 나머지 사람들을 데려오는데 시간이 조금 걸릴 거야."

현화 또한 고정 마법진을 만들 수 있다.

지금 사용하고 있는 거점에 마법진을 설치하고 수하들로 하여금 제압한 자들을 데리고 오게 한 모양이다.

"천천히 데려와도 상관은 없지만, 정보가 새어 나갈 염려는 없겠지?"

"내 직속들만 움직였으니 괜찮을 거야. 그런데 여기 굉장하다. 티엔샤 바이오는 저리 가라야."

현화가 통제실을 보며 흥미로운 표정을 짓는다.

"그렇기는 하지. 금강산 안에 국정원 모르게 이런 시설을 만들다니 대륙천안도 무시하지 못할 것 같아."

"나도 대륙천안을 위해 일을 하기는 했지만 내부적인 일을 잘 몰라. 외부적인 일에 집중하느라 실체가 어떤지도 알 수도 없었고 말이야."

"그렇겠지. 그나저나 데려온 사람부터 그곳으로 옮기자. 너도 한번 봐봐."

"알았어."

내가 생각하는 것과 동시에 지하 10층으로 이동했다.

"으음."

늘어서 있는 유리관들을 본 현화의 눈빛이 찌푸려졌다.

'티엔샤 바이오에서 뇌가 이식되는 경험을 했으니 좋게 생각되지는 않겠지.'

시간이 꽤 지났다고는 해도 여전히 생체 이식에 대한 트라우마가 아직 있는 모양이다.

눈빛이 아주 싸늘한 것을 보니 대륙천안에 대한 원한이 더 쌓인 것 같다.

"현화야, 거점에 설치한 마법진의 이동 경로를 여기다 설정해 줘."

"알았어."

두 번 이동하느니 한 번에 이곳으로 이동시키는 것이 나을 것 같아 현화에게 부탁을 했다.

형이 유리관에 사람을 눕히는 동안 현화가 이동 마법진의 경로를 변화시켰다.

경로로 바뀌고 난 뒤 얼마 지나지 않아 현화의 수하들이 하나 둘 지하 10층으로 이동을 해왔다.

현화의 수하들은 사람들을 내려놓고 거점을 옮기기 위해 다시 이동을 했고 유리관에 사람들을 눕히는 일은 형과 내가 했다.

— 스페이스, 부탁해.

사람들을 모두 눕히고, 스페이스에게 에고화를 부탁했다.

우—우우우웅!

유리관 안에 눕혀진 사람들에게 촉수 같은 가느다란 선들이 달라붙는 것을 보며 현화가 다시 한 번 인상을 썼다.

"대륙천안은 아무리 생각해도 이 세상에 존재해서는 안 되는 집단이야."

"반드시 사라져야 할 존재들이지."

현화가 대륙천안에 반감을 가지는 이유는 인간을 한낱 소모품으로 생각하기 때문이다.

나 또한 그렇다.

반드시 없애야 할 자들이다.

"올라가자."

"알았어."

JM에서 데려온 능력자들의 에고화가 진행되는 것을 본 후 지하 10층을 벗어나 통제실로 갔다.

"자, 사람들을 관리하는 것도 만만치 않을 것 같다."

통제실을 구경하다가 지하 2층에서부터 지하 8층까지 모니터로 비춰지는 사람들의 모습을 보면서 현화가 말했다.

"그렇겠지. 워낙 사람이 많으니까 말이야."

"대륙천안이 잠입시킨 자들은 앞으로 어떻게 할 거야?"

"세뇌가 끝난 후에 풀어줄 생각이야."

"풀어준다고?"

"저들을 통해 대륙천안의 내부 정보를 얻는 쪽으로 가닥을 잡았어."

"그것도 나쁘지 않네. 하지만 그간의 행태를 보면 임무에 실패하면 제거 대상이 될 수도 있어. 그리고 잘못하면 발각이 될 수도 있으니 조심해야 할 거야."

"알고 있으니 걱정하지 마."

"그나저나 납치된 사람들은 어떻게 할 생각인 거야?"

"납치된 사람들을 2차 각성을 시키려고 해."

"2차 각성을 시킨다고? 사람들을 샴발라로 보내는 게 쉽지 않을 것 같은데?"

"걱정하지 마. 방법이 있을 것 같으니까 말이야."

내가 생각하고 있는 방법은 아마도 강재문의 기억 속에 있을 것이다.

여기 비밀 기지를 만들고 사람들의 정신과 영혼을 에고로 만들면서 2차 각성시킬 준비를 해두지 않을 리 없을 테니 말이다.

제 4 장

제압하기 직전에 강재문과 정체를 모르는 자가 2차 각성을 했었다.

　놈들이 각성한 방법을 알게 되면 충분히 가능하지만, 불가능하다고 해도 상관은 없다.

　샴발라에 데리고 갈 방법이 있으니 말이다.

　내가 허투루 말하는 것이 없다는 것을 알기에 현화가 고개를 끄덕인다.

　"방법이 있다면 괜찮은 생각이다. 사람들이 전부 진성 각성자가 된다면 대륙천안을 상대하는 데 큰 힘이 될 수 있을 테니 말이야."

"그럴 생각이야. 저 정도의 A급 진성 능력자들을 우리 편으로 확보할 수 있다면 대륙천안에게 엿 먹일 수도 있을 테니까 말이야."

"각성을 하면 전부 A급 진성 능력자가 된다는 거야?"

"내가 얻은 정보로는 그런 것 같아. 그래서 대륙천안에서 납치를 했고 말이야."

"하긴, 놈들이 허투로 이런 큰일을 벌이지는 않았겠지."

"그나저나 이곳으로 옮기는 것은 언제 끝날 것 같아?"

"장비만 옮기면 되니 그리 오래 걸리지 않을 거야. 하지만 여기는 이대로 사용하기 힘들 것 같은데……."

"그건 걱정하지 마. 어떻게 사용할지만 알려주면 변형이 가능하니 말이야."

"그런 것도 가능해?"

"마법 금속으로 만들어진 곳이라 언제든지 구조물을 변경시킬 수가 있어. 원하는 대로 변형하는 것뿐만 아니라 확장도 가능하니 문제는 없을 거야."

"굉장한 곳이다. 아주 유용할 것 같다."

"그래."

"이제 난 그만 가 볼게. 거점에 있는 것들을 전부 옮기려면 바쁠 것 같으니 말이야."

"그렇게 해. 그나저나 장호는 뭐하고 있어?"

"장호도 합류시키게?"

"그래야 할 것 같아. 아무래도 뭔가 큰일이 벌어지려고 하는 느낌이 드니까 말이야."

"나도 그런 느낌이 들던데, 알았어. 장호에게 연락해 볼게."

"장호에게도 연구하고 있는 것들도 모두 옮기도록 이야기를 해줘."

"알았어."

장호는 지금 현화가 마련한 비밀 연구소에서 2차 각성과 진성 각성자의 신체 강화에 대해 연구하고 있는 중이다.

대륙천안이 국정원도 알지 못하게 움직이고 있는 만큼 현화도 장호를 안전한 이곳으로 이전하는 데 찬성했다.

"난 이만 갈게."

"그래."

"안녕히 가십시오."

"예. 옮기는데 시간이 그리 걸리지 않으니 금방 다시 올 겁니다."

'에구!!'

여전히 머뭇거리는 것을 보다 못해 내가 나서기로 했다.

"여기는 내가 있으면 되니까. 그러지 말고 형이 현화를 좀 도와줘."

"내가?"

"그래야 일이 빨리 끝날 것 같으니 그렇게 해줘, 형."

"알았다."

'현화도 마음은 있는 것 같지만, 생체 이식한 몸 때문에 머뭇 거리는 것 같으니 기회는 있을 것 같구나.'

현화도 싫지는 않은지 곧바로 마법진의 경로를 바꿨다.

"갔다 오마."

"그래."

현화가 마법진을 가동시키자 두 사람은 곧바로 거점으로 공간 이동됐다.

"2차 각성을 한 후에 형에게 털어놔야겠군."

복제된 신체에 뇌가 이식되었다는 것을 알면 충격을 받기는 하겠지만, 마음이 변하지는 것은 않을 것 같기에 형에게 현화에 대해 자세하게 이야기를 해주기로 했다.

형도 진실을 알아야 하고, 현화에게 진심으로 다가갈 수 있을 테니 말이다.

"우선 지하 1층만 공간을 확장해야겠군. 현화나 장호가 사용하고 있는 곳과 비슷하게 만들면 되겠지."

현화가 사용하는 거점과 장호가 연구하는 연구실과 같게 공간을 확장하고, 나중에 조정하는 것이 좋겠다는 생각에 스페이스를 불렀다.

― 스페이스.

— 예, 마스터.

— 여기를 확장하고 싶은데, 통제실은 그냥 놔두고 확장할 수 있어?

— 가능합니다만, 에너지 스톤과 마법 금속들이 필요합니다.

— 그것들은 충분하니까 공간을 확장하고 현화가 사용하는 거점과 장호의 연구실처럼 만들어줘.

— 예, 마스터. 상당한 양을 반출해야 하는 만큼 아공간 사용을 허락해 주십시오.

— 알았어.

사용할 양이 아주 큰 규모였기에 내 의식에 종속되어 있는 아공간의 제한을 해제해 주었다.

'아무래도 한 번에 하는 것이 낫겠다.'

— 스페이스, 이왕 하는 김에 공간을 더 확장하는 것이 좋겠다.

— 다른 공간을 더 확장하실 겁니까?

— 그래. 지하 9층하고 10층을 제외하고, 나머지는 더 확장해 줘. 아직 사용할 것은 아니니까 출입구는 만들지 말고 말이야.

— 기본 형태는 같은 방식으로 합니까?

— 그래. 각 층 별로 현재와 같은 형태로 만들어줘. 그리고 수련할 수 있는 장소도 만드는 것이 좋을 것 같아.

─ 알겠습니다. 규모는 얼마로 하실 생각이십니까?

─ 사람들이 머물 공간은 지금 규모의 세 배 정도면 될 것 같고, 수련할 수 있는 공간은 최대한으로 잡아줘.

─ 알겠습니다. 그럼 곧바로 구조물을 변경하겠습니다.

우─우우우웅!

아공간에서 마법 금속과 에너지 스톤이 빠져나가는 것이 느껴지는 것과 동시에 구조물이 변하기 시작했다.

변화는 지하 1층부터 시작이 되었는데, 내가 지시한 대로 만들어지고 있었다.

구조물이 변하는 모습을 보면서 어딘지 모르게 안도감이 든다.

"어쩌면 여기가 내 본거지가 될 확률이 높군."

아직 어느 때가 될지는 확실히 모르지만, 대변혁에 준하는 변화가 예상되는 만큼 준비해야겠다는 생각에 구조물을 변화시킨 것이다.

인간의 본성만 변화시켰던 대변혁과는 달리 이번에 예상되는 변혁은 자연재해 같은 물리적인 현상이 동반된 변화가 일어날 것만 같으니 말이다.

"이 정도면 안전하겠지……."

대륙천안이 만든 비밀 기지이기는 하지만 확실히 도움이 될 수 있을 것 같다.

"일단 안심을 시켜야겠지."

변화가 진행이 되는 동안 당황하거나 두려워하지 않도록 근호 형과 사인방은 물론, 납치된 사람들에게 텔레파시를 보냈다.

─ 별일 아니니 다들 할 일을 하도록.

텔레파시도 보냈고 처음 큰 진동이 있은 이후부터는 느끼지 않을 정도로 작은 진동만 있기에 동요하는 일은 없을 것 같다.

얼마 지나지 않아 구조물의 변화가 끝나고 진동이 멈췄다.

상황을 설명하기 위해 근호 형에게 텔레파시를 보냈다.

─ 근호 형!

─ 무슨 일이냐?

─ 사인방을 데리고 통제실로 와줘.

─ 알았다.

말이 끝나기 무섭게 근호 형과 사인방이 모습을 드러냈는데 얼굴에 궁금한 빛이 역력하다.

내가 삼환문의 장문인인 탓에 궁금할 것이 많은데도 불구하고 묻지 않고 있는 것이 고마웠다.

"모든 건 2차 각성이 끝난 후에 알려줄 테니까 지금은 궁금해도 참아줘."

"누가 뭐라고 그랬냐?"

"하하하, 고마워."

"그나저나 조금 전에 있었던 진동은 뭐냐?"

"사람들을 수련시킬 곳을 만드느라 그런 거야."

"그런 곳도 있었냐?"

"응. 기초적인 수련을 할 수 있는 곳이야. 암자에 있었던 것과 똑같이 꾸며져 있으니까 수련시키기는 수월할 거야."

"알았다. 시설은 그럭저럭 괜찮지만 식량이 문제다. 보관해 놓은 것이 있기는 하지만 상당히 부족한 것 같다."

"그건 걱정하지 마. 현화 수하들이 해결해 줄 테니까 말이야."

"현화 씨도 이곳으로 거점을 옮기는 거냐?"

"응, 성진이 형도 도우러 갔어."

"성진이가? 현화 씨와 잘됐으면 좋겠다."

"형도 알고 있었어?"

"그럼 모르겠냐? 그렇게 티를 내는데."

"그렇기는 하지."

"그나저나 저 사람들을 수련시키라고 하는 것을 보면 모두 삼환문도로 받아들일 생각이냐?"

"그렇게 할 생각이야. 저 정도의 자질을 가진 사람들을 구하는 것도 쉽지 않으니까 말이야."

"그래. 조금 살펴보니 2차 각성을 하면 다들 한가락 할 것 같더라."

"형하고 너희들이 고생 좀 해줘."

"알았다."

"염려하지 마십시오, 형님!!"

사인방 또한 근호 형을 따라 힘차게 대답을 한다.

제일 막내였다가 제자들을 받는다니 기분이 좋은 것 같다.

"하하하! 기운이 충만하구나. 그럼 곧바로 시작해 볼까?"

"그, 근호 형!"

시간이 조금 더 지난 후에 시작하는 걸 생각을 했는지 병찬이가 근호 형을 바라본다.

"졸업시험을 대비해야 하기도 하니 곧바로 시작하는 것이 좋을 것 같은데. 무슨 일이라도 있냐?"

"아, 아니에요."

근호 형이 게슴츠레 째려보며 말하자 병찬이가 황급히 고개를 젓는다.

"그럼 곧바로 움직이자."

"근호 형, 수련장은 8층에 있는 것을 써. 입구가 열려 있을 거야."

"알았다."

"후후후! 졸업시험 전까지 놀고는 싶겠지만, 마지막 마무리라고 생각해라."

원망 어린 눈빛으로 나를 바라보는 사인방을 데리고 근호 형이 8층으로 공간 이동을 했다.

─ 마스터, 작업이 끝났습니다.

─ 벌써 끝났어?

— 예, 마스터.

— 강재문하고 다른 자의 기억은 어떻게 됐어?

— 전부 카피할 수 있었습니다. 그렇지만 다른 자들의 기억에는 의미 있는 정보가 없었습니다.

— 알았어. 그럼 두 사람에게 읽어낸 정보만 전송해 봐.

— 예, 마스터.

두 사람의 기억에서 읽어낸 정보가 들어왔다.

정체를 알 수 없는 자의 이름은 곽진성으로 대륙천안의 핵심 거점인 인천의 차이나타운을 장악하고 있는 자였다.

JM을 운영하는 강재민과 인천 차이나타운에서 조직은 운영하는 곽진성은 얼마 전까지 접점이 없었다.

그동안 골라 놓은 사람들을 납치하는 작전이 시작되면서 상부로부터 내려온 명령으로 서로의 존재를 알게 되었던 것이다.

강재문이 정보를 넘기면 곽진성이 수하들을 시켜 사람들을 납치하는 식으로 작전이 진행이 됐고, 마지막에 유민이를 납치하려다가 실패한 것이었다.

재미있는 것은 장인석이 사람들을 모두 확보하고 프로젝트를 실행하면 두 사람은 곧바로 손을 떼고, 자신의 업무에 충실하도록 계획이 되어 있다는 것이었다.

그리고 실패를 하게 되면 두 사람은 자신들이 부리는 자들과 함께 한국을 떠나도록 되어 있었다.

그렇게 떠난다고 해도 이미 대륙천안에서 두 사람 대신 JM과 조직을 맡을 이들을 준비해 놨기에 한국 기반이 사라지지 않을 것이다.

장인석도 마찬가지로 납치된 사람들에 대한 에고화가 끝나면 각자의 자리로 되돌려 보낸 뒤 자신이 하고 있는 일을 하도록 되어 있었다.

정신과 영혼이 에고화된 이들을 활성화시킬 수 있는 열쇠만 대륙천안에 넘기면 되는 일이었던 것이다.

— 스페이스, 정신 조작이 가능하지?

— 가능합니다.

— 그럼 프로젝트가 성공한 것으로 조작해. 차이나타운으로 옮겨 놓을 거니까 그곳 상황을 수긍할 수 있도록 시나리오도 깔아두고 말이야.

— 알겠습니다.

— 얼마나 걸리지?

— 곧바로 가능합니다.

— 빠르군.

— 정신과 영혼을 에고화시킨 터라 그렇습니다. 그리고 작업이 끝났습니다, 마스터.

— 유민이에 대한 것은 어떻게 했어?

— 말씀하신 대로 정윤찬으로 등록시켰습니다.

유민이 때문에 학업을 중단해야 했던 윤찬이도 2차 각성 시 A급 진성 능력자가 될 확률이 높았다.

차원정보학과를 다니다가 자퇴했지만, 차원통제사 공부를 그만두지는 않고 있었기에 충분히 될 수 있었다.

지금은 샴발라로 갈 수 있을 뿐만 아니라, 강재문이 마련한 방법이라면 곧바로 진성 능력자가 될 수도 있기에 유민이 대신 등록시킨 것이다.

진성 능력자가 될 수 있는 기회이니 윤찬이도 수련에 합류시킬 생각이기 때문이다.

— 좋아. 수고했어.

— 아닙니다, 마스터.

"화봉에서의 일을 마무리해야 하니 나도 슬슬 가볼까."

강재문을 비롯해 화봉에서 제압한 자들의 에고화도 끝났고 기억도 조작되었으니 이제 화봉으로 돌려보낼 시간이었다.

마법진을 통해 화봉으로 돌아가 주변부터 살폈다.

'누가 결계에 침입한 흔적은 없군.'

결계 때문인지는 모르지만 화봉은 떠났던 그대로였다.

— 스페이스.

— 예, 마스터.

— 그자들을 전부 이곳으로 이동시킬 수 있어?

— 간단한 일입니다. 좌표만 고정해 주십시오.

— 알았어.

좌표를 고정하고 스페이스에게 지시를 내렸다.

— 이동시켜.

— 예, 마스터.

팟!

이전에는 대륙천안의 요원들이었지만, 이제는 내 마음대로 부릴 수 있는 이들이 화봉으로 돌아왔다.

'내 사람이기는 하지만 아직 완전하지는 않지.'

화봉으로 돌아온 자들은 대륙천안에서 쓰려고 했던 방법 그대로 에고화시킨 상태다.

자신의 자리로 돌아가 각자의 역할을 하다가 대륙천안에서 지시가 내려오면 연락하도록 정신 조작을 했다.

정체를 들키지 않게 하기 위해 연락할 때는 그 사실을 아예 기억하지 못하도록 했다. 대륙천안의 지시대로 움직일 것이지만 문제는 없었다.

마스터키를 의식 속에 심어두었다.

내가 원할 때는 언제든지 에고를 활성화시켜 꼭두각시로 만들 수 있어 그때그때 상황에 따라 움직이면 된다.

— 뻐꾸기 프로젝트는 성공했다. 내가 떠난 후 각자의 자리로 돌아가 본래 맡은 역할을 수행해라.

강재문과 곽진성을 비롯해 누워 있는 자들의 의식에 언령을 이용해 각인을 시키고 화봉을 나섰다.

문을 나선 후 건물 주변에 처져 있는 결계를 회수하는 것도 잊지 않았다.

'유민이 때문에 큰 성과를 얻었다. 데뷔하는 문제도 이걸로 모두 해결됐으니까 윤찬이도 기지로 데려가 수련을 시키자.'

차를 세워둔 주차장으로 가서 주차비를 지불하고 레인으로 향했다.

레인으로 들어가 사무실로 가자 정호영 사장이 반갑게 맞아 준다.

"오셨습니까?"

"너무 반갑게 맞아주시는 것 같습니다."

"좋은 분들을 보내주셔서 한시름 덜어서 그렇습니다."

"하하하! 그런가요?"

"그런데 어떻게 됐습니까?"

"이제는 걱정하지 않아도 될 겁니다. 유민이의 문제는 전부 해결됐습니다."

"JM에서 더 이상 유민이를 노리지 않는 겁니까?"

"그렇습니다."

"하지만……."

"사촌 동생인 정수영도 걱정하실 필요는 없을 겁니다."

"수영이 그놈도 해결을 하신 겁니까?"

"JM의 강재문이 제어할 겁니다. 불안감에 따로 움직일 수도 있겠지만, 유민이 곁에 머물고 있는 사람들이 모두 해결할 수 있을 겁니다."

"감사합니다. 감사합니다."

연신 고개를 숙이며 감사 인사를 하는 정호영을 보니 사람이 참 괜찮다는 생각이 들었다.

"그나저나 윤찬이와 유민이는 어디에 있습니까?"

"지금 제 집에서 쉬고 있습니다. 붙여주신 분들과 같이 있기도 하고, 보안이 확실한 곳이니 염려하지 않아도 될 겁니다."

"그렇군요. 윤찬이를 좀 봐야 하는데, 그곳이 어딥니까?"

"어차피 저도 들어가야 하니 같이 가시죠."

"그럴까요."

정호영이 앞장섰고, 레인을 나와 그가 운전하는 페라리를 쫓아 차를 운전해 그의 집으로 갔다.

정호영의 집은 분당 외곽에 있었는데, 상당한 수준의 보안장치와 결계까지 갖춘 안가 같은 곳이었다.

페라리가 집 가까이 가자 차고로 통하는 문이 열렸고, 내 차도 뒤를 따라 들어갔다.

정호영과 나는 차고를 통해 집안으로 들어갈 수 있었다.

"성찬이 형!"

나를 향해 고개를 조용히 숙여 보이는 해결사들 사이로 윤찬이가 달려왔다.

"유민이는?"

"자고 있어."

"그래. 많이 놀랐을 테니 푹 자는 것도 좋겠지."

"그나저나 어떻게 됐어?"

"문제는 다 해결됐다."

"하하하! 역시 형이야."

"그나저나 할 말이 좀 있다."

"할 말?"

"잠깐 밖으로 나갈까?"

"알았어."

윤찬이를 데리고 정원으로 나갔다.

"무슨 말인데?"

"너 수련 좀 해야겠다."

"수련이라면……."

"그래. 전에 내가 말했던 대로 차원통제사가 될 수 있는 길이 있으니 수련을 하라는 말이다."

"저, 정말?"

"그래. 유민이 문제는 다 해결됐고, 정호영 사장이 알아서 할 테니 나랑 같이 가자."

"고마워, 형. 그런데 지금 당장 가는 건 아니지?"

"지금 당장 갈 수는 없지. 유민이에게 이야기도 해야 할 테니 말이다. 유민이가 섭섭하지 않게 잘 이야기해라."

"걱정하지 마. 유민이도 만날 다시 공부하라고 했으니까 말이야."

"나도 알지만, 막상 떨어져 생활해야 한다고 하면 많이 힘들어할 거다. 그러니 이야기 잘해."

"알았어."

"들어가자."

이야기를 끝내고 안으로 들어갔다.

잠에서 깼는지, 거실에서 유민이가 서성거리고 있었다.

"성찬이 오빠."

"그래, 괜찮은 거냐?"

"전 괜찮아요. 호영이 오빠한테 들었는데, 다 해결하셨다면서요?"

"그래 앞으로 별일 없을 거다. 앞으로 문제 생기면 저분들이 해결해 줄 거다."

"오빠 어디 가요?"

"졸업시험이 머지않았다. 차원통제사가 되기 위한 준비도 해야 하고 말이야."

"음, 그러네요."

내가 떠난다고 하니 시무룩한 표정이다.

"연습도 해야 할 거고, 데뷔 준비도 해야 하니 너도 바빠질 거다. 열심히 해라."

"알았어요. 열심히 할게요."

"그나저나 윤찬이가 너에게 할 말이 있는 것 같구나."

"오빠가요? 오빠 무슨 말이야?"

"나 성찬이 형 따라가서 차원통제사 준비를 하려고 한다."

"그건 학교를 졸업해야 하잖아?"

"성찬이 형이 방법이 있다고 해."

유민이가 나를 보기에 고개를 끄덕여 줬다.

"성찬이 오빠가 그렇다면 정말 차원통제사가 되는 게 가능하다는 거네. 축하해, 오빠!"

"유민아, 그것 때문에 수련하러 가야 한다."

"당연한 거 아니야? 나도 차원통제사라는 것이 그냥 되는 게 아니라는 것은 잘 알아. 내 걱정하지 말고 잘 다녀와."

"고맙다."

"고맙기는. 나 때문에 차원정보학과도 그만뒀으면서. 이제 나는 가수로 데뷔하니까 오빠도 원하는 것을 해."

"그래 알았다. 오빠도 죽어라 열심히 할 거니까 너도 열심히 하고."

"걱정하지 마세요. 그런데 언제 떠나는 거야?"

"미안하지만 수련 일정이 시작돼서 바로 떠나야 할 것 같다,

유민아."

유민이의 질문에 내가 대답을 해줬다.

"그렇구나."

"정호영 사장에게는 잘 부탁해 놨으니, 걱정하지 않아도 될 거다."

"성찬 오빠, 그러면 언제 볼 수 있는 거야?"

"2차 각성까지 해야 하니까 6월에나 볼 수 있을 거다."

"그럼 나 데뷔할 때쯤에 볼 수 있겠네?"

"그때 데뷔하는 거냐?"

"웅! 사장님이 6월 말쯤에 데뷔할 거라고 했어."

"그럼 데뷔 무대를 볼 수 있을 것 같다."

"휴우, 다행이다."

자신의 데뷔 무대를 윤찬이가 볼 수 없을지도 모른다고 걱정한 모양이다.

"작별은 짧을수록 좋으니 이만 가도록 하마. 윤찬이 말대로 열심히 하도록 해라."

"알았어, 성찬 오빠. 우리 오빠 잘 부탁해."

"걱정하지 마라. 그리고 정 사장님."

"예."

"어떤 일이든지 저분들과 의논을 해가면서 유민이를 보살펴 주십시오. 해결할 수 없는 문제가 생기면 제가 다시 오겠습니다."

"알겠습니다."

"그럼! 윤찬아, 가자."

고개를 숙여 정호영에게 인사한 다음 윤찬이와 함께 차고로 갔다..

물기가 어린 눈망울로 애써 웃음 지으며 우릴 배웅하는 유민이를 뒤로 하고 집으로 향했다.

집에 있는 것들 중에 일상 집기를 제외한 차원 관련 물품들을 모두 기지로 옮기기 위해서였다.

"형! 내가 정말 차원통제사가 될 수 있을까요? 형을 믿지만 실감이 나지 않네요."

"후후후, 지금은 반신반의하겠지만, 조금 있으면 확신할 수 있을 거다."

"알았어요."

"수련이 좀 힘들 거다. 그러니 열심히 따라와라."

"그런 염려하지 마세요."

윤찬이는 악착같은 성격이니 잘할 것이다.

차를 타고 오며 윤찬이와 이런저런 이야기를 하는 동안 어느새 집에 도착했다.

'어쩌면……'

집과 가까이 붙어 있는 타버린 공장의 잔재를 덮고 있는 커버를 보면서 혹시나 하는 생각이 들었다.

공장 지하에 있는 구조물도 이번에 얻은 기지와 비슷한 것일 수도 있을 것 같았기 때문이다.

'아니, 확실하다. 출입구가 없는 것도 그렇고, 특별한 에너지 패턴이 보이는 것을 보면 틀림없다.'

얼마 전에 왔을 때는 몰랐는데, 문제를 다 해결하고 나서 마음에 여유가 생기니 구조물이 비슷하다는 것을 느낄 수 있었던 것이다.

'저기로 들어갈 수 있는 특별한 마법진이 있을 거다. 그 마법 진은 분명 두 분만 아실 거고……'

기지에 걸려 있는 것과는 차원이 다른 것이라 들어가지 못하지만, 아버지와 큰 아버지가 교도소에서 나오시면 무엇인지 확인할 수 있을 것이 분명했다.

'지금의 나나 스페이스로서는 풀어낼 수 없는 것이니 그때까지 기다려야겠군.'

지금으로서는 불가능하기에 생각을 접은 후 문을 열고 차량째 안으로 들어갔다.

차에서 내린 윤찬이가 여기저기 둘러본다.

"여기는 여전하네요."

"사는 것이 다 그렇지, 뭐."

"형! 수련은 여기서 하는 거예요?"

"아니다. 갈 곳이 있으니 너무 놀라지 마라."

윤찬이에게 주의를 준 후 바닥에 마법진을 형성했다.

"우와!! 2차 각성자도 아닌데, 형은 이런 것도 가능한 거예요?"

진성 능력자 중 마법사로 각성한 사람들만이 그릴 수 있는 마법진이 바닥에 나타나자 윤찬이가 놀라 물었다.

2차 각성을 끝내지 않은 사람은 절대 할 수 없는 일이니 윤찬이가 놀라는 것도 무리가 아니다.

"놀라지 말라고 하지 않았냐?"

"하지만 놀랍잖아요."

"녀석도! 저것은 이동 마법진이다. 저것을 통해 이동하는 곳에서 수련을 할 거다. 근호 형과 사인방이 그곳에서 너를 단련시켜 줄 거다."

"열심히 할게요."

"그럼 가보자."

집 안에 있는 차원 관련 물품들은 윤찬이와 이야기를 하는 동안 모두 아공간에 수납했기에 편도로 가는 마법진만 만들었다.

윤찬이의 손을 잡고 마법진 위로 걸음을 옮기자 곧바로 기지로 이동을 했다.

"우와!"

차원정보학과에 입학해 어느 정도 세상의 변화를 체험한 윤찬이도 마법진을 통해 비밀 기지로 이동하니 감탄을 한다.

세상이 변하고 다른 차원과 연결이 되어 교류가 있다고는 하지만 직접적으로 느끼는 사람은 얼마 되지 않는다.

정부와 기업의 극소수 관계자나 차원통제사와 관련된 사람 정도나 세상의 변화를 느낄 뿐, 대부분의 사람들은 전과 다름없는 것이 현실이니 당연한 일일지도 모른다.

"공간 이동에다가 다른 차원의 자재들로 만든 건축물이라니, 정말 놀라워요."

"녀석!"

차원정보학과에 재학 시절 윤찬이는 재료 공학 쪽에 남다른 관심과 재능을 보였다.

특하나 마법적인 재료에 대해 상당한 공부를 했는데, 비밀 기지를 보자마자 한눈에 알아본 모양이다.

"여기는 도대체 어디죠?"

"앞으로 우리와 함께 해야 할 테니 설명해 주도록 하마. 그러니까……."

윤찬이에게 차분하게 설명을 해주었다.

삼환문에 대한 것과 근호 형을 비롯한 사인방이 문도라는 것, 그리고 유민이의 일을 해결하다가 이곳을 발견한 것과 대륙천안에 얽힌 일들을 전부 말해주었다.

"그러니까 대륙천안이라는 곳에 잠입한 자들이 유민이를 납치해 꼭두각시로 만들려고 했다는 말이죠?"

"그래. 언제일지는 잘 모르지만 아마도 조만간에 세상이 또

변할 것이 확실하다. 중국 대륙을 암암리에 지배하고 있는 대륙천안에서는 그때를 대비해 음모를 꾸미고 있는 것이 분명하다. 그리고 지난 전쟁에서 패배한 것을 복수하고자 하는 마음도 있을 것이고 말이다."

"형이 저에게 한 이야기들은 모두 비밀 같은데, 저에게 말씀하신 이유가 뭐에요?"

"네가 2차 각성을 하고, 차원통제사가 되면 피하고 싶어도 거대한 흐름에 휘말리게 될 거다. 네 꿈이 차원통제사인 만큼 상황을 정확하게 알고 선택하라고 알려준 거다."

"그렇군요. 형이 말한 상황에 대비하지 않으면 보통 사람들도 위험해지는 거겠죠."

"그럴 확률이 높다."

"좋아요. 어차피 피할 수 없다면 차원통제사가 될게요. 유민이를 위해서라도 피할 수 없을 것 같으니까요."

"알았다. 그러면 먼저 삼환문도가 되는 것이 좋겠다. 알려줄 것이 또 있으니까 말이다."

"알려줄 것이 또 있어요?"

"그래. 너에게조차 말해줄 수 없는 것들이 있다."

"그러죠. 삼환문도가 될게요."

"문도들이 오면 입문식을 거행하기로 하자."

"알았어요."

학교에 다니는 동안 윤찬이를 문도로 받아들이는 것으로 이미 결정을 내렸다.

유민이 때문에 갑자기 학교를 그만두는 바람에 입문시키지는 않았지만, 다들 윤찬이를 문도로 생각하기에 당장 입문식을 해도 문제는 없다.

윤찬이를 문도로 낙점한 이유는 가지고 있는 본성이 융합과 관련된 것이었기 때문이다.

지난 4년 동안 알게 모르게 윤찬이를 각성시킬 준비를 해왔다.

만날 때마다 은밀하게 에너지 스톤을 이용해 삼환문의 절기를 수용할 수 있는 에너지 적합도가 높아지도록 윤찬이의 신체를 개선해 왔던 것이다.

윤찬이에게 기대감이 참 크다.

융합과 관련된 본성을 가지고 있는지라 각성하게 되면 큰 도움이 될 것이기 때문이다.

이제 윤찬이가 결심을 했으니 문도들이 모두 모이면 입문식을 하면 되기에 기분이 좋다.

2차 각성 전에 내가 완성하고자 했던 퍼즐이 모두 맞춰지는 것이니 말이다.

— 윤찬이가 왔으니 다들 통제실로 와줘.

— 알았다.

— 알았어요.

기지에 있는 근호 형과 사인방을 텔레파시로 부르자 곧바로 이동해 통제실로 모였다.

"윤찬이도 이제 우리와 함께하는구나."

"그렇게 됐어요, 형."

"앞으로 잘해보자."

"열심히 할게요."

"환영한다, 윤찬아."

"그래. 나도 너희들과 함께해서 기분이 좋다, 병찬아."

사인방과 윤찬이는 동갑이다.

어려운 처지라 학교 다닐 때 서로를 아꼈던 터라 감회가 남다른 모양이다.

'이제 사인방이 아니라 오인방이구나. 저 녀석들이 모이면 에너지 패턴을 더욱 완벽하게 활용할 수 있을 것이다.'

윤찬이는 장호와의 케미뿐만 아니라 사인방을 완성하기 위한 마지막 열쇠다.

오행의 중앙인 토와 비슷한 속성을 가지고 있으니 말이다.

"내일 오전쯤 현화 쪽 이주가 끝나니 저녁에 입문식을 할 것 생각이니 그렇게 알고들 있어."

"우리가 준비할 것은 뭐 없나?"

"별로 없어. 어차피 내가 다 준비해야 하니 말이야."

"윤찬이는 어떻게 수련을 시킬 생각이냐?"

"내가 기초를 가르칠 거야."

"알았다."

그동안 내가 윤찬이를 위해 많은 준비를 해왔다는 걸 알고 있는 근호 형이 고개를 끄덕였다.

근호 형과 사인방이 수련시키고 있는 사람들과 윤찬이는 근본적으로 다르기에 쉽게 수긍했다.

신체는 준비되어 있고, 그것을 활용할 길을 열어줄 수 있는 사람은 나밖에 없기 때문이다.

"지금부터 윤찬이를 가르칠 거니까 내가 부를 때까지 사람들을 수련시키도록 해."

"그래."

근호 형과 사인방은 곧바로 수련실로 이동했다.

"형이 가르쳐 준다는 것이 뭐예요?"

"삼환문도가 반드시 배워야 할 기초적인 것들이다. 이걸 배워야 하는 이유는 2차 각성을 위한 기반이 되기 때문이다."

"그렇군요. 그럼 가르쳐 주세요."

"알았다. 그럼 전에 알려준 명상을 해봐라. 명상을 하는 동안 내가 너의 의식에 심법과 본 문의 기초적인 무예들을 각인할 것이다. 우선 심법이다. 본 문의 문도가 반드시 익혀야할 삼환명심법의 요결이지만, 그동안 네가 해왔던 명상과 크게 다르지 않으니 쉽게 익힐 수 있을 거다."

"알았어요."

윤찬이가 곧바로 가부좌를 틀고 명상에 들어갔다.

전에 삼환명심법의 중요한 요결을 빼고 가르쳐 준 것이었는데, 그동안 쉬지 않고 해왔는지 상당한 경지에 오른 것 같다.

'역시, 내 눈이 틀리지 않았다.'

각인은 아주 순조로웠다.

삼환명심법을 전하는 것이 끝나자마자 곧바로 운용을 시작했으니 말이다.

학교를 다니거나 우리와 같이 수련을 하지는 않았지만, 그동안 윤찬이가 얼마나 노력을 했는지 알 수 있는 부분이었다.

'심법은 어느 정도 자리를 찾았으니 기초적인 것들부터 전하자.'

윤찬이가 심법을 운용하는 것이 익숙해지는 것을 확인하고, 그동안 근호 형과 사인방이 수련했던 기초적인 절기들을 전했다.

다섯 사람이 했던 것과는 달리 각인을 통해 수련 기간을 단축시키는 것이라 시간이 좀 걸렸다.

심법이 완성도에 맞춰 심상을 통해 기초적인 무예를 수련시켜야 했기 때문이다.

그렇게 기초적인 전수가 다 끝났을 때는 거의 다섯 시간이 흐른 뒤였다.

제 5 장

전수를 끝나고 난 뒤에 눈을 뜬 윤찬이가 놀란 눈으로 나를 쳐다본다.

"후우. 굉장하네요, 형."

"그저 기초적인 것일 뿐이다. 심상으로 어느 정도 기초를 닦았기는 하지만 이제부터는 직접 몸으로 체득을 해야 완전히 네 것이 될 수 있을 거다."

"시간이 얼마나 걸릴까요?"

병찬이를 비롯한 친구들보다 뒤처진다고 생각했는지 마음이 급한 모양이다.

"걱정하지 마라. 아마 오늘 중으로 끝날 거다."

"그, 그게 가능한가요?"

"가능하다."

"형님이 가능하다니까 믿고 따라갈게요."

성진이 형처럼 나를 전폭적으로 믿어주는 윤찬이었다.

— 스페이스, 지하 7층의 수련실을 개방해 줘.

— 예, 마스터.

스페이스를 호출해 지하 7층에 있는 수련실을 개방하도록 했다.

구조물의 공간을 새로 확장하면서 만들어진 수련실은 지하 2층에서 지하 8층까지 모두 7개다.

근호 형과 사인방이 지금 사용하는 수련실은 지하 8층에 붙어 있는데, 심법을 수련하는 곳이다.

나머지는 단계별로 무예를 수련하는 공간이다. 아직까지 개방하지 않고 있었는데, 윤찬이를 위해 지하 7층에 있는 수련실을 개방했다.

"가자."

"예."

수련실로 곧장 공간 이동해 윤찬이를 가르쳤다.

대화와 대련을 통해 그동안 개선시킨 신체가 적응할 수 있도록 했다.

대련을 하면서 변화하는 자신의 신체를 느끼며 상당히 놀라

위했기에 그간 내가 윤찬이에게 했던 일들을 밝혀야 했다.

처음에는 어리둥절해하더니 내가 그동안 자신을 위해 많은 정성을 기울였다는 것을 알고는 갑자기 울어버리는 통에 한참을 달래야 했다.

"흑, 흑! 고마워요, 형."

"고맙기는, 내가 약속했지? 반드시 널 차원통제사로 만든다고 말이다. 나는 그 약속을 지켰을 뿐이다."

"그래도……."

"처음 볼 때부터 네가 마음에 들었다. 가장으로서 동생을 책임지는 모습이 말이야. 삼환문이 앞으로 헤쳐 나가야 할 일들이 어려운 만큼 네가 가진 재능도 마음에 들었기 때문이기도 하다."

"말씀은 그렇게 하시지만, 제가 재능이 없었더라도 저를 도와주셨을 것이라는 것을 이제는 알아요. 진짜 열심히 노력할게요."

"그래라. 힘든 일에 불러들여 마음이 조금 그랬는데, 다행이다."

"제가 열심히 하는 것이 동생도 그렇고, 사람들을 지키는 길이기도 하니까요."

"하하하하! 그래. 그러면 이제 본격적으로 해볼까?"

"좋아요."

마음가짐이 바뀌었다는 것을 알고 윤찬이의 수준에 맞춰서 실전과 다름없는 대련을 했다.

본격적으로 시작되자 많이 힘들어했지만, 수련을 악착같이 버텨내더니 시간이 지날수록 점점 완숙해져 갔다.

심법을 이용해 에너지를 적절하게 운용하고 자신의 신체에 담는 법을 깨닫게 되었기 때문이다.

그렇게 대련을 진행하는 동안 윤찬이는 실전적인 면으로는 아직 많이 떨어지지만, 이해도나 적응도가 사인방과 비슷한 수준에 오를 수 있었다.

기지로 온 지 거의 하루 정도만의 일이었는데, 이건 내 예상을 초월한 일이었다.

"그만 끝내자."

"후우! 후우!"

내가 수련을 끝내자 대답도 하지 못하고, 숨을 깊게 쉬고 있는 윤찬이를 보며 스페이스를 호출했다.

— 스페이스, 어때?

— 예측한 시간보다 상당히 빠릅니다. 역시 인간의 의지는 무서운 것 같습니다.

스페이스를 통해서 확인해 보니, 내가 생각한 수준까지 올라왔다는 것이 확실했다.

— 스페이스, 이 정도면 충분하겠지?

─ 그런 것 같습니다.

─ 그러면 입문식 때 윤찬이에게 줄 것들 좀 준비해 줘.

─ 알겠습니다.

스페이스에게 전투 슈트와 스킨 채널을 준비시키고 수련을
끝냈다.

"아주 좋다. 그럼 수련은 이 정도로 하고 입문식을 해야 하니
통제실로 가자."

"후우. 예, 형."

윤찬이와 함께 통제실로 이동을 하니 삼환문도라고 할 수 있
는 사람들이 모두 모여 있었다.

"대단하다."

"이야! 역시 윤찬이구나."

근호 형과 성진이 형이 칭찬을 하는 것을 보니 모니터 화면을
통해 나와 윤찬이가 수련을 하고 있는 모습을 보고 있었던 모양
이다.

"뭘요. 간신히 따라가고 있는 중이에요. 성찬이 형이 없었으
면 불가능했을 거예요."

"하하하! 아니다. 저 녀석들 표정 봐라. 정말 대단한 일을
해낸 거다. 아무리 성찬이가 일대일로 지도했다고 해도 네가
노력하지 않았다면 지금 정도의 성취는 얻을 수 없었을 테니
말이다."

근호 형 말대로 병찬이를 비롯한 사인방은 입을 다물지 못한 채 윤찬이를 보고 있다.

그만큼 윤찬이가 엄청난 일을 해낸 것이다.

"다들 모였으니 입문식을 시작하겠다."

이제부터는 장문인 역할을 해야 하기에 목소리에 힘을 실어 말했다.

준비가 모두 끝났기에 입문식에 걸린 시간은 얼마 되지 않았다.

삼환문도가 되었음을 이 세상에 고하고 난 뒤 전투 슈트를 하사하고 스킨 패널을 피부에 이식시키는 것이 다였기 때문이다.

입문식이 끝나서 삼환문의 문도가 된 터라 나머지도 이야기 해줄 수 있었다.

다른 대차원과 관련된 게이트를 열고 있는 중국과의 일과 삼환문이 앞으로 해나가야 할 일에 대해서 차분히 설명을 해주었다.

다른 대차원과의 연결될 날이 멀지 않았다는 것에 놀라는 듯 했던 윤찬이는 설명이 이어지면 이어질수록 삼환문도로서 해야 할 일에 대해 이해한 것인지, 눈빛이 깊어지고 있었다.

"장문인! 스스로를 갈고 닦는 것이 첫 번째, 사람들의 1차 본성에 적합하게 2차 각성을 돕는 것이 두 번째, 그리고 지구 대차원과 다른 대차원이 연결이 된 후 차원의 질서를 유지하는 것이 마지막 사명이라는 말씀이죠."

"그렇다, 윤찬아. 앞으로 벌어질 변화에 대응하기 위해서는 자신을 갈고닦는 것이 우선이다. 그렇지 않으면 아무것도 할 수 없으니 말이다."

힘이 없으면 다른 이의 각성을 돕지 못하고, 차원의 질서도 바로 잡지 못한다.

힘이 없는 자의 서러움을 누구보다 잘 아는 윤찬이가 고개를 끄덕인다.

"자신의 힘을 키워야 하기도 하지만, 다른 일들도 같이 수행을 해야 한다. 다른 대차원과 연결되는 게이트가 열리기 시작하면서 기반이 되는 에너지가 퍼지면서 사람들의 본성에 영향이 미치고 있기 때문이다. 해서 다른 이들과는 너에게만 특별한 방법으로 성취를 높인 것이다."

"그런 것 같았습니다."

"지금 게이트가 열리는 것을 보면 다른 대차원들이 지구 대차원과 연결되는 시기는 머지않았다. 그만큼 지구 대차원의 변화가 빨라지고 있어 이번에 샴발라로 가서 각성하는 것이 무엇보다 중요하다. 그러니 가기 전까지 전력을 다해 수련해야 한다."

"죽어라 해보겠습니다, 장문인."

"그래. 동생에 대한 걱정은 접어두고 이제부터 제 자신의 역량을 키우는 데 집중하도록 해라. 이것은 다른 사람들도 마찬가지다."

"명심하겠습니다, 장문인!!!"

현호를 비롯해 삼환문도 전부가 일제히 대답을 했다.

'좀 쑥스럽군.'

결심이 서린 눈빛으로 나를 바라보는 문도들을 보면서 머쓱함을 지울 수가 없다.

스승님의 유지를 이어 장문인이 되었지만, 내게는 그저 형제나 자매처럼 생각되는 사람들이었기 때문이다.

"장호야!"

"예, 장문인."

"각성이 끝나고 윤찬이가 돌아오면 함께 마법 무구에 대해 연구를 하도록 해라. 막내 사제인 윤찬이가 마법 재료에 대해 아주 박식하니 합이 잘 맞을 것이다."

"알겠습니다, 장문인."

"이제부터 각자 역할을 말할게. 근호 형은 사람들을 수련시켜 줘. 우리와는 달리 특별한 본성을 가지고 있어서 기초 수련만 해도 충분히 각성하니 삼환명심법 위주로 말이야."

"예, 장문인!"

"성진이 형은 저 녀석들을 빡세게 굴려줘. 기초 수련은 끝났으니 말이야."

"예, 장문인!"

"다들 수련을 하러 가. 현화는 해줄 이야기가 있으니 좀 남고."

근호 형은 곧바로 기초 수련실로 갔고, 성진이 형은 장호와 오인방을 데리고 새로 개방한 수련실로 갔다.

"무슨 일인데 나만 남으라고 한 거야?"

장문인으로서의 역할이 끝났다는 것을 느꼈는지, 현화가 친구 같은 평범한 어조로 나에게 물었다.

"일 좀 맡기려고."

"일?"

"현화야, 지금 당장이라도 해결사들을 움직이는 데 이상 없지?"

"이번에 거점을 옮기기는 했지만, 사람들을 다루는 것에는 문제가 없어."

"역시 너다."

"얼굴에 금칠하지 말고, 내가 해야 될 일이 뭐냐?"

"다른 것이 아니고, 이제부터는 따로 의뢰는 받지 말고, 상황을 주시하는 쪽으로 해결사들을 움직여 줘."

"상황을 주시하라는 것을 알겠는데, 목표물은 어디니?"

"국정원과 화티엔 그룹, 그리고 JM 쪽을 중점적으로 살펴보고, 주변 국가의 동태도 잘 살펴봐 줘. 가능하겠어?"

"해결사들이 움직여야 할 범위가 너무 광범위한 일이지만, 충분히 할 수 있을 것 같아."

"그럼 수고를 좀 해줘."

"수고는! 그거에 대해서는 걱정하지 마. 그나저나 아직도 안 보이는 거니?"

현화에게 아리에 대해 이야기를 해준 적이 있었다.

시간이 날 때마다 아르고스를 이용해 아리를 찾는다는 것을 알고 있었다.

"보이지가 않아. 느낌이기는 하지만 이제 슬슬 보일 때가 됐는데 말이야."

"네 말대로라면 S급 진성 각성자가 다시 자가 각성을 위해 모습을 숨긴 것 같아. 위험할 일은 없을 테니 너무 걱정하지는 않아도 될 거야."

"그렇기는 하지만……."

"네 특별한 능력으로도 볼 수 없다면 거의 초월적인 영역에 있는 것이 분명하니 앞으로 어떻게 할지만 생각해. 네가 장문인인 이상 너의 결정에 따라 많은 사람들의 운명이 달라지니까 말이야."

"알았어. 네 말이 맞을 테니 자중하도록 할게."

초월적인 영역에 들어서 있다는 것은 분명하기에 아리에 대해 걱정하지 않아도 된다는 것은 분명히 맞는 말이다.

하지만 알고 있다고 해도 아리가 걱정되지 않는 것은 아니었다.

무슨 일이 벌어질지 모르는 세상이니 말이다.

"그건 그렇고, 장비 설치는 언제 끝이 나냐?"

"아무리 빨리 서둘러도 일주일은 걸릴걸?"

"내가 도와 줄 건 없니?"

"나 혼자도 충분해."

"그러면 난 밖에 좀 다녀올게."

"밖에?"

"화티엔 그룹이나 국정원 쪽 움직임이 어떤지 알아보려고 말이야."

"지켜보고 있었지만 생각보다 움직임이 없던데?"

"그래서 그래. 너무 움직임이 없어서 말이야. 나도 나름 루트가 있어서 별도로 알아보려고 하는 거야."

"그래. 알았어."

"졸업시험도 치러야 하고, 일주일 정도 밖에 나가 있을 테니 여길 부탁할게."

"알았어. 만만치 않은 곳이니 조심하도록 하고."

"조심할게."

현화에게 부탁을 하고 비밀 기지를 벗어나 집으로 향했다.

사실 화티엔 그룹이나 국정원에 대해서는 스페이스가 아르고스의 눈으로 항상 살펴보고 있다.

국정원에서 화티엔 그룹의 모든 자산을 압류하고, 연관된 정치권 인사들은 모두 체포해 조사를 하고 있는 중이다.

그렇지만 요주의 대상인 장천은 모습을 감춘 채 나타나지 않고 있어 국정원에서는 지금 그를 추적하느라 분주히 움직이고 있는 상황이다.

스페이스가 실시간으로 지켜보고 있는 터라 굳이 밖으로 나올 필요가 없지만, 내가 일주일 동안 밖으로 나온 이유는 다른 할 일이 있기 때문이다.

우리가 차원통제사 된 후에 뒷받침해 줄 조직의 일을 맡을 최종학과 나승호 측에 센터의 알파 팀원들과 군대에 복무하던 시절에 함께한 전우들을 합류시키기 위해서다.

차원 간의 질서를 유지하는 일을 해나가기 위해서는 비밀스러운 움직임도 필요하지만, 세상 속에서 우리를 뒷받침할 조직도 필요하기에 본격적으로 작업을 해둘 필요가 있다.

아주 중요한 일임에도 불구하고, 이런 내용을 현화에게 굳이 말하지 않은 것은 세상에 어떻게 내보낼지 아직 확정하지 않았기 때문이다.

어느 정도 윤곽을 잡으면 조직이나 사업체의 운영에 대해서 현화에게 이야기해 줄 생각이다.

곧바로 최종학에게 텔레파시를 보냈다.

— 접니다. 사형! 지금 어디십니까?

— 인천에 있는 집입니다.

— 나 사질은 지금 뭐 하고 있습니까?

— 화티엔 그룹을 인수하는 문제로 지금 회사에 나가 작업을 하고 있습니다.

— 정부에서 매각하기로 한 겁니까?

— 국가반역죄로 몰수당한 기업이기는 하지만 몸담고 있는 사람들이 많아 인천지역 경제가 흔들리고 있어 조기에 매각을 하려는 것 같습니다.

— 태연테크놀러지에서 화티엔 그룹을 인수하는 것도 좋은 방안이기는 합니다. 그런데 인수할 자금은 있습니까?

— 충분합니다.

— 다행이군요. 나 사질을 만나러 가야겠습니다.

— 회사로 가신다면 저도 출발하겠습니다, 장문인.

— 그러시죠. 한 시간 정도면 도착할 것 같습니다.

— 알겠습니다. 회사에서 뵙겠습니다, 장문인.

화티엔 그룹의 한국 지사는 무역업과 마도 물품 제조를 기반으로 하는 회사라 인수하는 것도 조직을 만들 좋은 방법이었기에 텔레파시를 끊은 후 그랜즈를 몰고 인천으로 향했다.

태연테크놀러지에 도착해 주차를 시키고 로비로 올라가니 나승호가 기다리고 있었다.

"어서 오십시오."

"많이 기다렸나?"

"아닙니다. 저도 금방 내려왔습니다."

"그럼 올라가지."

나 사질이 나를 대하는 모습이 놀라웠는지, 주변에 있는 사람들이 호기심 어린 눈빛으로 나를 바라보기에 발걸음을 서둘렀다.

나 사질과 함께 태연테크놀러지의 대표이사의 사무실이 있는 15층으로 올라갔다.

사무실에서 최 사형이 기다리고 있었다.

"어서 오십시오, 장문인."

"일찍 오신 겁니까?"

"온 지 얼마 되지 않습니다."

"몸은 좀 어떠십니까?"

"아주 좋습니다. 정신도 전에 없이 맑아 즐겁게 지내고 있습니다."

"다행입니다."

"일단 앉으시지요."

사형의 권유로 소파에 앉자 비서가 차를 가지고 들어왔다.

사형과 함께 앞자리에 앉아 있던 나 사질이 차를 한 모금 마신 후 입을 열었다.

"장문인을 지원하기 위해 화티엔 그룹의 한국 지사를 인수할 준비를 하고 있습니다만, 괜찮겠습니까?"

"그 정도면 충분할 것 같다. 그래서 앞으로 어떻게 추진하는 것이 좋은지 의논하기 위해서 왔다. 사업 방향을 어떻게 할 생각인 건가?"

"화티엔의 마법 물품 분야를 태연테크놀러지와 합병하고 무역 분야는 분사해서 별도의 법인으로 만들 생각입니다. 그리고 정보 조직을 만들까 합니다, 장문인."

"내가 생각하는 것하고 일치하는 것 같군. 외형보다는 내실이 중요하니 말이야. 체계는 그 정도면 되겠지만 무역도 그렇고, 마법 물품 제조도 정보가 중요하니 정보 조직은 조금 늘리는 것이 좋을 것 같다."

"알겠습니다. 하지만 기존 조직을 확대하기 위해서는 적합한 인재를 찾아야 해서 시간이 조금 걸릴 것 같습니다."

"조만간 쓸 만한 이들이 찾아올 테니 그건 걱정하지 않아도 될 거다."

"장문인께서 추천하는 이들이라면 힘이 될 것 같습니다."

"그런데 화티엔의 인수전에 뛰어든 자들은 없는 건가?"

"상당수의 기업이 관심을 기울이고 있는 것 같지만, 공식적으로 인수에 나서기는 어려울 겁니다. 상호 교류 출자로 우리 쪽 지분이 상당하다는 것을 알고 있으니 말입니다. 혹시 몰라 그날 이후로 화티엔 한국 지사의 주식을 모았습니다."

"지분 확보는 얼마나 됐나?"

"약 49%의 지분을 확보했고, 적어도 열흘 안에 50%가 넘어설 겁니다."

덕적도에서 장천과의 싸움이후에 곧바로 움직이지 않았다면 이 정도까지 진척이 되지 않았을 것이다.

미래를 예상하고 움직이는 판단력을 보니 사형이 나 사질을 전적으로 믿는 이유를 알 것 같다.

"인수하는 데 지장은 없을 것 같군. 아주 훌륭하다."

"과찬이십니다."

"과찬이 아니다. 사업 방향도 잘 잡았고, 삼환문도들이 움직이는데 아주 큰 힘일 될 것 같다."

내 칭찬에 사형의 입고리가 올라간다.

"그런데 사명을 어떻게 하는 것이 좋겠습니까?"

"사명은 나쁘지 않다. 그냥 이대로 유지하는 것이 좋을 것 같다. 그리고 알아두어야 할 것이 있다."

"말씀하십시오."

"대변혁 이후 세상은 또 다시 변하고 있다. 지구 대차원과는 다른 대차원이 연결될 징조가 세계 곳곳에서 나타나고 있다."

"다른 대차원이 열린다는 말씀입니까?"

"그렇다. 그동안……."

이제는 이야기를 해줘야 할 것 같아서 다른 대차원의 게이트들이 열리는 것과 중국에서 그 일을 주도하는 것에 대해서 이야기해 주었다.

삼환문도들이 해야 할 사명에 대해서 알려주는 것도 잊지 않았다.

"으음. 어떤 대차원이 열리게 될지 모르지만, 준비를 철저히 해야 할 것 같습니다."

"지구 대차원에 연결된 다른 차원들에 대해서도 확실히 알지 못하는 상태에서 다른 대차원과 연결된다면 큰 혼란이 찾아올 게 확실하니, 생각한 것보다 더 많은 준비를 해야 할지도 모른다. 새롭게 연결되는 대차원이 결코 우호적이지 않을 것이라 느껴지니 말이다."

"전쟁이 일어날지도 모른다는 말씀이군요?"

"그렇다. 더군다나 중국에서 차원 게이트가 열릴 때 발생하는 에너지를 이용해 알 수 없는 힘을 깨우고 있는 것이 분명하니 거기에 대응할 준비도 해야 해서 힘들지도 모른다."

"으음……."

"걱정하지 마라. 내가 이곳으로 보낼 사람들은 그동안 그쪽과 관련된 일을 해왔으니 충분히 도움이 될 것이다. 그리고 2차 각성이 끝나게 되면 문도들도 보낼 테니 문제는 없을 거다."

"알겠습니다."

내 말에 나 사질이 고개를 끄덕인다.

"사형!"

"예, 장문인."

"지금은 때가 아니지만, 문도들의 각성이 끝나면 문도들과 함께 정식으로 세상에 나설 생각입니다. 본 문의 제자들이 머물 만한 곳을 한번 찾아봐 주셨으면 합니다."

"제가요?"

"인천 쪽을 아주 잘 아시니, 나 사질과 함께 알아봐 주세요."

"알겠습니다."

"그리고 조만간 문도들과도 정식으로 인사를 나누게 될 겁니다. 본 문의 최고 어르신이시니 날을 잡아주십시오."

"언제로 잡는 것이 좋겠습니까?"

얼굴에 기쁨이 가득했다.

"십오 일 후가 문도들과 제 졸업시험이니, 그 이후로 잡아주시면 됩니다."

"새달 초하루가 뜻깊은 날이니 그날이 좋겠습니다."

"좋군요. 그날 제가 모시러 오겠습니다."

"알겠습니다, 장문인."

"그럼 저는 이만 가보겠습니다."

"식사라도 하시고 가십시오."

"아닙니다, 사형. 제가 바쁘게 움직여야 할 일이 있어서 말입니다."

"알겠습니다. 그럼 제가 배웅을 하겠습니다."

"나오실 필요 없습니다, 사형. 나 사질이 바쁜 것 같으니 좀 도와주십시오."

"그럼 살펴 가십시오."

내 만류에도 불구하고 사무실 밖까지 배웅을 하는 두 사람을 뒤로하고 곧바로 태연테크놀러지를 나왔다.

알파 팀원들을 만나기 위해서다.

'전우들은 떨어져 있으니 일단 팀원들부터 보자.'

그동안 내가 준 정보를 바탕으로 스페이스가 전우들을 찾았고, 얼마 전에 어디에 있는지 전부 찾을 수 있었다.

서로 연락도 없이 한반도 전역에 흩어져 살고 있기에 우선 알파 팀원들을 만나보기로 했다.

여의도 근처에 사무실과 집을 얻고 함께 움직이고 있어서 먼저 나 사질에게 합류시킬 생각이다.

팀원들이라면 나 사질이 꾸릴 정보 조직을 활성화하는데 큰 도움이 될 것이다.

국회의사당이 정면으로 보이는 상업지역 인근에는 각종 정당들의 당사들이 밀집해 있다.

팀원들이 얻은 사무실은 정치 세력을 감시하는 민간단체인 메니페스토의 사무실이 있는 빌딩에 자리 잡고 있었다.

그랜즈를 몰고 여의도로 향했다.

인천을 떠나 한 시간을 이동해 팀원들이 활동하고 있는 사무실에 도착할 수 있었다.

"후후후, 뭐 그리 놀란 표정이지. 그나저나 다들 쌩쌩한 걸 보니 좋군."

사무실에 들어서는 나를 보고 하던 일을 멈춘 팀원들을 보고 한마디 했다.

"대장!!"

"대장!!!!"

누리의 외침에 이어 팀원들이 일제히 나를 부른다.

타클라마칸에서 헤어진 후 계속 연락을 주고받았지만, 보는 것이 처음이니 팀원들만큼이나 나도 반갑기 그지없다.

"이렇게 보게 되네요. 반가워요, 대장!"

누리가 대표로 말을 꺼냈다.

자진해서 참여하기는 했지만 4년여 동안 숨어서 내가 맡긴 임무를 충실히 수행해 주었던 팀원들에게 미안한 감이 든다.

"다들 반갑다. 이제부터 본격적으로 움직일 시간이다. 내가 말했던 것은 준비가 다 되었겠지?"

"하하하! 우리가 대장이 준 임무를 한 번이라도 실패한 적이 있었나요?"

"하긴! 언제나 완벽하게 성공을 했지. 그동안 기다려 줘서 고맙다."

"고맙기는요. 우리에게도 정말 보람 있는 시간이었습니다. 이런 기회를 주셔서 감사드립니다, 대장."

1차로 각성한 본성의 재능만으로 그동안 특별한 임무를 수행하던 이들이다.

센터에서 고르고 고른 인재들인 만큼 누구보다 2차 각성을 할 가능성이 높은 이들이다.

저리 자신하는 것을 보니 이곳에 사무실을 얻고 제5열을 찾아내는 와중에도 내가 부탁한 대로 수련을 게을리하지 않은 것이 틀림없다.

알파 팀의 작전 담당이자 암호명 누리라 불리는 김장현은 함부로 장담을 하는 사람이 아니니 말이다.

배신을 하고 처연한 눈빛으로 사라졌던 피안을 제외한 알파 팀원들은 사실상 삼환문도나 다름없다.

윤찬이처럼 직접 신경을 쓰지는 않았지만, 2차 각성을 위한 준비를 착실히 시켜왔다.

팀원들의 성장을 돕는 데는 스페이스의 역할이 컸다.

능력을 반 정도는 각성한 상태이기에 각자의 특성에 맞게 수련 프로그램을 짜고, 지원을 했으니 말이다.

내가 한 일이라고는 스페이스가 조언한 대로 팀원들에게 필요한 마법 물품이나 영약 등을 구해서 보내는 것이 다였다.

"이제 오셨으니 제5열에 대한 보고부터 들으시죠."

팀원들은 지난 4년여 동안 끈질기게 대한민국에서 암약하는 제5열을 추적해 왔다.

장천과 연계를 가지고 있지만, 체포된 자들처럼 뇌물이나 이익 관계로 회유되거나 협조하는 자들이 아니라 스스로의 의지로 대한민국을 전복하려는 자들이다.

정체를 드러내지 않는 자들을 찾는 것은 쉽지 않은 일이라 지지부진했지만, 얼마 전에 단서가 될 수 있는 자들을 찾아낼 수 있었다.

재미있게도 모두가 장천이 움직인 덕분이었다.

장천이 사형과 싸운 후 모습을 감춘 후, 국정원이 발 빠르게 움직이기 시작하자 일부 특이한 움직임을 보이는 자들을 발견할 수 있었고 제5열에 대한 단서를 잡은 것이다.

간략하게 보고를 받기는 했지만, 추가적인 조사가 필요했기에 아직 제대로 된 보고를 받지 못했다. 그새 뭔가 더 나온 것이 있는 모양이다.

"뭔가 나온 모양이군."

"그렇습니다, 대장. 단서를 거슬러 오르다 보니 의외의 인물들이 나왔습니다."

"의외의 인물들이라니?"

"파고들어 가다 보니 기존 종교계의 거두들이 나왔습니다."

"으음……."

기존의 종교계가 관련되어 있다니 전혀 예상하지 못한 전개였다.

대변혁 이후 힘을 잃었다고는 하지만 능력자를 가장 많이 배출한 곳이 바로 종교계다.

대변혁 전에는 신이란 실체에 대해 피부로 느낄 수 없었지만, 지금은 다르다.

1차 각성 후 종교계의 자성을 통해 정화가 되고, 각성자들을 통해 신의 존재를 실감할 수 있게 되면서 세력을 다시 넓혀가고 있다.

이런 상황에서 대한민국의 전복을 꿈꾸다니 믿을 수 없는 일이다.

"사실이냐?"

"조금 더 확인을 해야겠지만, 사실인 것 같습니다."

"사실인 것 같다니, 무슨 말이지?"

"지금 제5열로 짐작되는 자들은 대변혁 이후 각성한 자들로 각 종교계에서 인망을 얻고 있는 자들입니다."

"종교계의 각성자들이?

"예. 게이트를 닫을 때 제거했던 자들 중에 그들과 접촉했던 정황이 포착됐습니다. 그리고 조사를 하다 보니 조금 특이한 점을 발견했습니다."

"특이한 점이라니?"

"외부에는 알려지지 않았지만, 능력을 사용하는 것뿐만이 아니라 신탁이라는 것을 받는 것 같습니다."

"그러니까 신이라는 존재가 신탁을 내려 그들을 조종한다는 건가?"

"워낙 보안이 철저해 확인할 수 없지만, 제가 판단하기로는 그런 것이 확실합니다."

이 정도로 말하면 장현의 말이 사실일 것이다.

'종교계라니, 골치 아프군.'

대차원이 열리면서 다른 차원의 정보를 통해 신이 실존하는 것이 밝혀졌다.

각성한 종교계의 인사들이 신성력을 발휘하는 것을 보면서 지구의 신들도 실존한다는 것이 정설로 여겨지고 있다.

그런데 신들이 대한민국의 전복이라는 신탁을 내려 음모를 꾸미다니 상황이 고약해지고 있다.

신탁까지 내려졌다면 문제가 심각해질 수도 있다.

다른 차원에서 빈번하게 있어났던 종교전쟁의 참화가 지구에서도 일어날 수 있으니 말이다.

자신이 믿는 신을 제외하고는 전부 이교도로 몰며 참혹한 짓을 서슴없이 벌이는 광신도들을 막을 수 있는 방법은 거의 없다.

"섣불리 건드릴 수는 없을 것 같으니 앞으로 상황을 예의 주시해야 할 겁니다, 대장."

"으음, 그래야겠지. 신을 빙자해 호가호위하던 자들이 사라지고, 각성자들이 나타난 후 그 어떤 집단보다 강력한 결속력을 가진 곳이니 말이야. 그런데 각 종교계가 연계하고 있는지는 알아봤나?"

"제 느낌상은 그럴 것 같습니다만, 아직까지 확실한 증거는 잡지 못했습니다."

"알았다. 그건 내가 한번 알아보도록 하지."

종교계는 아직 아르고스의 눈으로 살펴보지 못했다.

종교계 각성자들이 가지고 있는 능력 중에 신의 주시라는 능력이 있기 때문이었다.

마치 인공위성처럼 세상을 살필 수 있는 신의 주시는 아르고스를 사용할 사용하는 파장과 비슷한 파장을 가지는 능력이라 내 존재가 드러날 것을 우려해서였다.

— 스페이스, 그동안 준비를 해왔던 것을 시행해야겠다.

— 암흑의 눈을 시행할 준비를 하겠습니다.

— 신의 주시에 걸리지 않도록 조심하고.

— 염려하지 마십시오, 마스터.

그동안 스페이스는 아르고스의 사각 지대에 놓여 있는 종교계를 감시할 방법을 찾기 위해 마도학을 뒤졌다.

스페이스가 알고 있는 12단계의 마법이 딱 스물네 가지다.

공격 마법의 경우 하나의 마법으로 서울시 정도의 면적을 단번에 폐허로 만들어 버릴 수 있는 강력한 위력을 가진 마법이고, 치유 마법은 살아만 있다면 어떤 상처라도 회복을 시키는 탓에 신의 권능이라 불려도 이상하지 않을 정도로 절대적인 마법이다.

그중 신의 주시를 피할 수 있는 마법이 하나 있다.

바로 암흑의 눈이라는 마법이다.

공간을 초월하는 것은 물론이고, 극성으로 펼칠 경우 몇 분간이지만 시간의 경계를 넘어 상대를 관찰할 수 있는 마법이 바로 그것이다.

스페이스는 시간의 괴리를 일으켜 미래를 읽음으로 신의 주시를 피할 방법을 찾아낸 것이다.

암흑의 눈을 펼치려면 시간이 필요하기에 스페이스가 준비하는 동안 장현이 알아낸 정보가 담긴 서류들을 살폈다.

그동안 처리해 왔던 게이트와 연관된 자들이 제5열로 파악된 종교계의 거두들과 어떤 식으로 엮어져 있는지를 추적한 자료였다. 살펴볼수록 장현이 확신하는 이유를 알 수 있었다.

알파 팀이 작전을 진행하며 제거한 제5열들 대부분이 종교인이거나 돈독한 신앙심을 가지고 있었다. 또한 현재 제5열로 짐작되는 각 종교계의 거두들이 자주 접촉했다는 정황이 많았다.

"후우, 이 정도면 확실한 것 같으니 이만 작전을 끝낸다."

"우리가 나서지 않아도 괜찮을까요?"

"내가 알아서 처리한다. 그보다는 앞으로 너희가 해주어야 할 일이 있다."

"무슨 일입니까?"

내가 처리한다고 했을 때는 세상 다 산 표정을 지어보이더니 할 일이 있다는 말에 다시 생생해진다.

"차원통제사를 지원하기 위한 조직을 구축하고 있다. 너희들 은 삼환문과 지원 조직을 연결하는 일을 해다오."

"중개자 역할입니까?"

"조직이 완전히 갖춰지기 전까지는 그렇고, 완성이 되고 난 뒤에는 차원 관련 일을 하게 될 거다."

"전 좋습니다."

이야기를 하자마자 장현이 찬성을 했다.

센터에서 임무를 부여하지 않고 1년이 지나게 되면 알파 팀 원들은 자유인 신분이 된다.

제5열을 찾아내는 작업을 하면서 내 권요로 2차 각성을 준비 하기는 했지만, 이번 일은 자유의사에 맡겼기에 다른 팀원들을 바라보았다.

"우리 모두 이미 대장을 따르기로 했습니다. 작전 담당관이 결정을 내렸으니 무슨 일인지만 말씀하세요."

통신 담당이자 암호명이 바람인 오창훈이 대표로 대답을 줬다.

"다들 그렇게 결정을 내린 건가?"

"맞아요, 대장. 어디로 가면 됩니까?"

창훈이 확인하듯 말했으니 다들 같은 생각이 확실하다.

"태연테크놀러지로 가서 정보팀을 꾸려라 조만간 너희와 비슷한 이들이 합류할 테니 조직을 꾸리면서 그동안 배운 것들을 전수하도록 해라."

"알겠습니다, 대장."

"좋아. 여기는 잠시 폐쇄하고 곧바로 떠나도록."

"예."

지시를 내리고 사무실을 나섰다.

이제 전국에 흩어져 있는 전우들을 만나 합류시킬 차례다.

제대한 후 차원과 관련된 일을 하고 있을 줄 알았는데, 각자 다른 일들을 만나러 돌아다니려면 일주일도 빠듯할 것 같다.

'다들 지금하고 있는 일에 만족하지 못한다는 정보를 보니 설득만 잘하면 모두 합류시킬 수 있을 것 같군. 기존의 알파 팀원들과 비슷한 실력을 가진 사람들이니 수련만 빡세게 시킨다면 금방 적응을 할 것이고.'

전우들은 생계를 위해 일을 하고 있었지만, 만족스러운 생활은 하지 못하고 있었다.

전장을 넘나들며 게이트를 폐쇄하거나 게이트 너머로 들어가 외계의 괴수들을 상대했던 터라 일상생활에 흥미를 느끼지 못하고 있는 중이다.

작전을 하면서 느꼈던 희열을 어느 곳에서도 찾을 수 없었기 때문이다.

아직 팔팔할 때이니 합류시키면 큰 힘이 될 터였다.

그랜즈를 타고 전국을 돌아다니며 전우들을 만났다.

개인 신상 정보는 군에서 철저히 막았기 때문에 다시 만날 수 없을 것이라 생각했던 전우들은 내가 직접 찾아가자 하나같이 놀람을 감추지 못했다.

태연테크놀러지에서 차원 무역과 정보 통제 업무를 하게 될 것이라는 설득에 물어보지도 않고 승낙을 하는 전우들을 보면서 무척이나 기분이 좋았다.

함께하는 동안 쌓은 전우애는 시간이 지나도 변함이 없다는 생각때문이었다.

집을 나선지 정확히 일주일이 지나고 전우들이 태연테크놀러지에 모두 합류한 것을 확인한 후에야 집으로 돌아갈 수 있었다.

제 6 장

집으로 돌아온 후 뉴스를 확인했다.

"역시 예상한 대로 됐군. 이제 상장 폐지만 하면 되는 건가?"

화티엔 그룹의 한국 지사에 대한 매각 결정은 나 사질이 예상한 대로 이루어졌다.

태연테크놀러지 소유 지분은 시중에 나도는 지분을 조금 더 인수해 지분이 총 53%였다.

장천과 스파이로 지목되어 체포된 자들이 보유하고 있던 지분이 45%였는데, 나 사질은 시장 가격의 80% 수준으로 내입을 해 총 지분이 98%가 되었다.

시장가격의 80%를 준 이유는 장천이 반국가 활동 및 스파이

혐의로 수배가 내려져 지금도 계속해서 주가가 내려가고 있었기 때문이다.

나 사질은 인수 절차를 마친 후 상장 폐지를 할 것이다.

남아 있는 주식들은 회사 차원에서 시중 가격으로 사들일 것이고, 팔지 않겠다면 그대로 놔둘 것이다.

'후후후, 그냥 가지고 있어도 별다른 영향을 끼치지 못하니 상관은 없다. 태연테크놀러지가 차원 무역에 뛰어든다면 바닥까지 떨어질 테니까 그때 사들이면 된다.'

일반 기업에서 차원 무역을 성공시킬 가능성은 채 0.1%도 되지 않는다.

엄청난 위험을 동반할 뿐 아니라, 다른 차원에서 협력자를 구하는 것은 하늘의 별따기만큼 어려운 일이다.

시장에서 바라보는 회사의 가치가 떨어질 것이고 위험을 느낀 이들이 시장에 주식을 내놓을 테니 그때 사면 된다.

'혹시나 하는 생각에 가지고 있는 사람들은 대박을 맞게 되겠지……'

그냥 없는 셈치고 놔두거나 잊어버리고 있는 사람들도 있어 나머지 주식을 전부 회수하지는 못할 테지만 상관은 없다.

그건 그 사람들의 운일 테니 말이다.

집으로 돌아온 후 샤워를 하고 비밀 기지로 갔다.

현화는 이주를 다 끝내고 필요한 장비들을 전부 설치한 후 벌써 자신의 일을 하고 있었다.

"일은 다 끝난 거야?"

"전부 끝났어. 너도 알아야 하니까 그동안 무슨 일을 했는지 이야기해 줄게."

현화도 어느 정도는 눈치를 채고 있었을 것이기에 최 사형과 나 사질에 대해 밝히고, 두 사람이 준비하고 있는 일에 대해서도 알려줬다.

"차원통제사가 된 후에 어떻게 할 생각인가 걱정을 했는데, 그렇게 준비를 해뒀다니 다행이네. 그럼 내가 만든 조직도 그쪽 정보부에 합류시켜야 할 것 같지?"

"그럴 필요는 없어. 서로 다른 분야에서 일하게 될 테니까 말이야. 하지만 연관이 없는 것은 아니니 교류를 하는 것이 좋겠지."

"알았어."

"그나저나 수련은 다들 잘하고 있어?"

"대륙천안이 고르고 고른 인재들이라서 그런지 성취가 아주 빨라 샴발라로 가기 전에 다들 기초는 뗄 것 같아."

"다행이네."

"그런데 어떻게 샴발라로 데려갈 거야?"

"강재문이 국가에 등록시킬 준비까지 다 해놓은 터라 문제는 없을 거야."

"으음, 그 많은 수를 차원통제사로 등록한 것은 아닐 테고…… . 일반 재능 방면으로 등록하고, 샴발라로 가서 각성을 시키려고 한 것이었군."

"맞아. 차원 관련 일에도 2차 각성자가 필요하지만 다른 분야도 많이 필요하니까 말이야. 그리고 그쪽이 꼭두각시로서의 활용도도 높고 말이야. 하지만 샴발라에 가게 되면 모두 차원통제사가 될 수 있을 거야. 정부에서는 재능 관련 각성자로 보내는 것이지만, 전투력에서도 차원통제사로 등록된 다른 이들을 월등히 능가할 테니 말이야."

"그렇기는 하겠지."

내가 없는 동안 사람들을 어떻게 샴발라로 데려가고, 차원통제사로 만들 것인지에 대해 고민했던 모양이다.

사실 샴발라에 갈 필요도 없다

샴발라보다는 못하기는 하지만 놈들이 에고화를 시키면서 만들어둔 마법적인 장치를 통하거나 스페이스의 도움을 받아 강제로 각성을 시킬 수도 있으니 말이다.

"이제 졸업시험이 머지않았는데, 어떻게 할 거야?"

"사흘 후가 졸업시험이니까 아무리 자신 있다고 해도 내일부터는 최종적으로 마무리를 해야 할 것 같아. 사나흘 정도는 네가 수련을 시켜줬으면 해."

"알았어. 그건 걱정하지 마."

졸업시험을 치르는 동안 현화가 수련을 맡게 될 것이다.

이제는 혼자서 수련해도 될 테지만, 만약의 경우를 생각해서 현화가 맡는 것이 좋다.

이틀 간 시험 준비를 하고 시험이 끝난 다음 날은 유민이의 적성검사를 듣고 축하해 줘야 하기에 나흘 정도는 자리를 비워야 한다.

졸업시험을 치르지는 않지만 유민이 때문에 윤찬이도 함께 우리 집에 머물 생각이다.

우리가 준비하는 졸업시험을 함께 하면서 많은 것을 깨닫게 될 테니 말이다.

"바로 집으로 갈 거야?"

"그렇지 않아도 그러려고 다들 불렀어."

<u>스스스스!</u>

내 말이 떨어지는 것과 동시에 다들 통제실에 모습을 드러냈다.

다들 기초 수련장에서 수련생들을 가르치고 있었다. 비밀 기지로 돌아오자마자 수련생들에게 사정을 설명하고 마무리를 지은 후에 통제실로 오라고 했다.

"이제부터 시험 준비냐?"

"통과야 문제없지만, 마무리를 대충할 수 없지 않아?"

"하긴, 지난 4년 동안 배운 것을 평가하는 자리니까. 윤찬이에게도 도움될 거고 말이야. 그럼 집으로 가는 거냐?"

"응, 성진이 형."

"우리가 없는 동안 현화 씨가 수련을 시키는 거냐?"

"이제 궤도에 오르기 시작했으니까 문제는 없을 거야."

"그렇기는 하지만……."

"걱정하지 말고, 시험이나 잘 치고 돌아오세요."

성진이 형이 말끝을 흐리자 현화가 나섰다.

"그럼 잘 부탁드립니다, 현화 씨."

"염려하지 마시고, 마무리 잘하고 오세요."

형이 현호를 걱정하는 것도 그렇고, 둘 사이의 대화가 부드러운 것을 보니 내가 없는 동안 둘 사이의 관계에 진전이 있었나 보다.

"자! 자! 얼른 가자."

"알았어. 내가 마법진을 만들게."

근호 형이 재촉하기에 마법진을 만들었다.

"그럼 다녀오겠습니다."

"예."

형이 현화에게 인사를 하고 마법진에 몸을 실었다.

근호 형과 윤찬이 등도 마법진을 이용해 집으로 돌아갔고, 마지막으로 내가 마법진에 올라섰다.

"무슨 일이 생기면 연락해."

"알았어."

현화에게 인사하고, 공간 이동을 했다.

그렇게 집으로 돌아온 후 시험 준비를 시작했다.

실전 위주로 치러지는 시험이라 그동안 공부했던 것들을 토대로 상황을 설정하고, 시험 대상자가 되거나 상대가 되면서 대련을 했다.

윤찬이도 같이 참여했는데, 수련할 때와는 달리 실전에 가까운 대련이라 느끼는 것이 많은 모양이었다.

그렇게 시간이 지나고 시험 날이 되자 다들 학교로 이동을 했다.

그동안 배운 성과를 알리는 자리이기도 해서 가족들이 참여할 수 있기에 윤찬이도 함께 갔다.

시험을 보는 장소는 전투관제학 수업을 진행하는 경기장 형태의 강당이었다.

평소 좌석은 관람석으로 이용되는 터라 수험장에는 학생들과 함께 많은 이들이 자리하고 있었다.

대부분 정부 관계자와 학생의 가족들이었다.

관계자들과 가족들은 관람석에 앉았다. 전투 슈트를 입은 학생들은 경기장 중앙부에 열을 지어 모여 주의사항을 들은 후 졸업시험이 시작되었다.

시험을 보는 순서에 따라 첫 번째 수험자만 남고, 학생들이 뒤로 물러나자 시험이 시작됐다. 관람석과 중앙부를 경계로 마법진이 가동되었다.

전투 슈트에서 흘러나오는 에너지가 수험자를 통해 충격파로 전환되기에 관람객의 위험을 피하고자 취한 조치였다.

시험이 시작되자 수험자 주변으로 홀로그램이 나타났다.

홀로그램으로 만들어진 것은 다른 차원의 몬스터였는데, 이번에 나타난 것은 고블린이었다.

작은 덩치에 단검과 독침을 사용하는 고블린은 한 개체로 놓고 볼 때는 아주 약한 개체였지만, 단체로 적을 공격하고 지구전에 능한 놈들이었다.

수험자를 시험하기 위해 홀로그램으로 만들어진 고블린은 모두 40개체였는데, 혼자서 상대한다면 오크 두 마리와 맞먹는 전력이었다.

비록 홀로그램으로 만들어진 것이지만, 공격을 당하면 전투 슈트에 달린 센서가 반응해 신체에 충격과 함께 제약을 가하기 때문에 거의 실전이나 다름없는 시험이었다.

수험자는 포위되는 것을 피해가며 고블린을 상대해 나갔다.

단검 공격은 일부 허용했지만, 독침 공격은 어떻게 해서든지 피하면서 맞서 싸운 결과, 시험 시간 10분 동안 홀로그램으로 만들어진 고블린을 모두 제거했다.

시험이 끝나자 교수님의 짧은 강편이 끝나고 퇴장하자 다음 수험자가 들어왔다.

시험은 다양한 상황을 가정하여 진행이 되었다.

시험 시간 10분과 2분 동안의 교수님 강평으로 이루어졌지만 탈락하는 사람 없이 진행이 되었다.

근호 형을 비롯해 사인방도 모두 통과를 했고, 이제 성진이 형의 시험이 시작됐다.

다른 이들은 몬스터들의 숫자를 조정해 비슷한 전력을 가진 채 시험을 치렀지만, 성진이 형이 맞닥뜨린 상대는 트롤이었다.

비록 홀로그램으로 만들어졌지만, C급 진성 각성자인 차원통제사가 전투 슈트를 착용하고, 간신히 상대할 수 있는 트롤이 나온 것을 보면 교수님이 조정을 한 것이 분명하다.

— 어떻게 할까, 성찬아?

— 최선을 다해 상대하다가 아주 어렵게 제거하는 것처럼 보이는 게 좋겠어, 형

— 알았다.

성진이 형의 말에 일반적으로 알려진 형의 실력이라면 내가 말한 정도가 최선의 결과였기에 텔레파시를 보냈다.

상처가 생기는 속도와 맞먹을 정도는 아니지만 빠른 재생력을 보여주는 게 트롤이다.

외부의 상처도 크게 나지만 내부적으로 상당한 여파를 미치는 형의 연격이라면 그동안의 성과를 보여주기에 아주 적합할

것이다.

파파파팟!

전투 슈트를 입고 실제 전투처럼 중앙에서 이리저리 움직이며 트롤을 공격하는 성진이 형의 모습에 다들 감탄하는 눈치다.

트롤의 반격도 만만치 않았다.

형이 몇 대를 때리면 트롤도 한 대 때리는 식으로 공방이 진행되었다.

트롤의 공격을 맞을 때마다 전투 슈트에 장착된 장치에서 에너지 파장이 발생했다.

공격을 당하면 전투 슈트의 몸체에서 충격파가 발생해 진짜 적을 상대할 때처럼 타격을 입는 효과가 나타난다.

신체에 직접적인 상처를 입지 않지만, 전투 슈트로 인해 충격파의 영향을 고스란히 받게 된 성진이 형은 뒤로 날아가 마법진에 충돌했다.

곧바로 일어나 다시 돌진하는 성진이 형과 간혹 이어지는 트롤의 공격으로 발생한 충격파로 인해 전투는 매우 실감나게 진행이 되고 있었다.

격렬하게 진행되는 전투의 여파는 10분이 다 되었을 즈음 가라앉았다.

아주 근소한 차이로 마침내 형이 트롤을 제거한 것이다.

홀로그램이 사라지고 난 뒤 고글형 투구를 벗은 후 가쁜 숨을 몰아쉬는 성진이 형의 모습이 전투의 격렬함을 증명하고 있었다.

프로그래밍된 대로 충격을 받은 전투 슈트의 기능이 저하되면 될수록 전력을 기울여야 했다.

딱 보여줄 만큼만 실력을 내보여야 하는 제약이 있었기에 형의 피로도는 실제 트롤을 상대하는 것만큼이나 높았다.

형의 어느 정도 진행이 되자 김차호 교수의 강평이 시작되었다.

― 전투 슈트의 기능을 최대한 끌어내고, 공격을 허용할 때마다 충격을 최소화한 것은 칭찬받아 마땅하다. 트롤 같이 회복력이 비상적인 개체들의 경우 회복을 지연시키기 위해 그런 식의 공격도 아주 바람직한 것이지만, 앞으로는 동료와 함께 상대하는 것이 좋을 것이다. 윤성찬, 합격!!

"감사합니다."

김차호의 교수의 합격 통보를 받은 형이 수험장을 떠났고, 이제는 마지막 내 차례다.

수험장 안으로 들어서니 김차호 교수님이 빙그레 웃으신 후자신의 자리로 가신다.

'아무래도 오거 정도는 나오겠군.'

교수님의 미소를 보니 뭐가 나올지 짐작이 간다.

형의 시험을 본 대상이 트롤이었으니 과수석인 나에게는 오거 정도는 나올 것 같다.

예상한 대로 수험장에 나타난 홀로그램은 숲의 제왕이라는 오거였다.

혼자서 트롤 두 마리를 상대해 이길 수 있는 존재인 만큼 제약을 가지고 싸우는 것이 만만치 않을 것 같다.

쾅!

나타나기 무섭게 달려들어 주먹을 휘두르는 오거의 공격을 일부나마 허용했다.

충격을 최소화하는 방향으로 회피를 했지만, 워낙 빠른 속도라 어느 정도 큰 타격을 받을 수밖에 없었다.

홀로그램의 공격이지만 프로그램된 전투 슈트로 인해 에너지 파장이 발생해 신체에 영향을 미치고 있었다.

'실제 전투 시 각성자가 받게 되는 충격과 아주 흡사하군.'

각성한 상태가 아니라 상처를 입지는 않지만, 실제로 받는 대미지를 구현하고 있었다.

'좋아! 각성하기 전에 지금의 내 한계가 어디까지인지 한번 시험해 볼까?'

전투 슈트가 사용자의 신체 한계를 각성자의 능력으로 환산해 구현하는 만큼 각성한 후에 내 모습을 확인할 수 있는 지표가 될 수도 있다.

학교에서 지급받은 시험용 전투 슈트는 신체의 한계를 최대한 이끌어낼 수 있기에 가지고 있는 능력들은 묻어두고 신체적인 능력만을 사용해 나를 시험해 보기로 했다.

팟!

파파파파팟!

오직 육체적인 힘으로만 움직였다.

거의 극한에 가깝게 짜낸 탓인지, 움직이는 속도가 열 배는 빨라진 것 같다.

각성을 하면 일반인일 때보다 육체적인 능력이 보통 다섯 배 정도 상승하는데, 나는 거의 두 배 빠르게 움직이고 있었다.

오거의 데이터를 제대로 구현한 건지 홀로그램이 나를 빠르게 쫓아온다.

콰—쾅!

오거의 옆으로 몸을 비껴 움직이며 가슴을 한 대 갈기니 충격파가 터져 나온다.

실제 충격파만큼은 아니지만, 수험장에 설치된 스피커를 통해 울리는 소리만큼은 실제와 비슷하기에 관람객들의 눈에 긴장감이 넘치는 것이 보인다.

공격을 받고도 오거는 주춤하는 기색도 없이 바로 반격했다.

콰—직!

왼쪽 팔뚝에 손가락이 스치며 일부 기능이 정지되었다.

표면적으로는 아무렇지 않지만 실제라면 아마도 살이 한 뭉

텅이 정도는 뜯겨 나갔을 것이다.

왼팔이 정지하며 기능을 잃는 순간에 내 발이 움직였다.

소중한 곳을 향하는 발길질을 손으로 막으며 황급히 피하는 오거의 머리를 향해 주먹을 휘둘렀다.

실제라면 불가능한 것이라고 할지 모르지만, 전투 슈트의 기능 중에 고통을 차단하는 것도 있어서 정신력만 강하다면 실제 상황에서도 가능한 움직임이었다.

콰—앙!

타타타탁!

퍼퍼퍼퍼퍼퍽!

비틀거리는 오거의 주변을 돌며 연신 공격했다.

간간히 이어지는 오거의 반격은 충격 때문에 정확하지 못했기에 피하며 피해를 누적시켰다.

'진짜 같군.'

홀로그램으로 만들어진 오거의 머리가 내 공격에 조금씩 뭉개지고 있었고, 피가 흘러나오는 탓에 진짜 전투가 이어진 것 같은 느낌이 들었다.

디테일이 너무 사실적이어서 그런지, 관람을 온 가족들이나 시험을 먼저 치르고 관람석에 앉은 학생들은 숨을 죽이며 나를 지켜보고 있었다.

파—팟!

손을 휘젓는 오거를 피해 달려든 후 전력을 다해 머리에 주먹을 내질렀다.

콰드득!!

두개골을 파고든 주먹의 사실감을 높이려는 듯 소름끼치는 소음이 스피커를 통해 흘러나오는 것과 동시에 오거의 몸이 연기처럼 사라졌다.

마침내 오거를 제거한 것이다.

'6분 만인가?'

수험장에 비치된 디지털 계측기를 통해 6분에 홀로그램 오거를 제거한 것을 알 수 있었다.

졸업시험을 주관하는 교수들은 물론이고, 그 뒤에 앉아 있는 초청 인사들의 눈이 더할 나위 없이 커져 있었다.

이렇게 짧은 시간에 오거를 제거했으니 각성 후 곧바로 A급 진성 능력자가 될 확률이 높기 때문일 것이다.

김차호 교수가 흥분된 표정으로 자리에서 일어나 마이크 앞으로 다가왔다.

— 고생했다. 하지만 처음 공격을 허용한 것은 네 실수라고 할 수 있다. 피해를 최소화했다고는 하지만 언제 어디서든지 방심하지 마라. 윤성찬! 합격!!

"감사합니다."

교수님의 강평에 머리를 숙여 인사했다.

나를 마지막으로 오늘 시험이 모두 끝났다.

졸업시험의 경우 수험자가 워낙 많아 5일 동안 치러지게 되는데, 첫날이 끝난 것이다.

성적대로 사람들을 나누어 시험을 보는 이유는 첫날에 정부의 고위 관계자들이 오는 만큼 상위권의 학생들이 제일 먼저 시험을 보게 한 것이다.

내가 제자리에 서서 기다리자 첫날 시험을 본 동기들이 모두 수험장으로 내려왔고, 이번 졸업 시험을 주관한 김차호 교수의 말이 이어졌다.

― 1일 차 시험이 끝났다. 상위권 학생들답게 최선의 모습을 보여준 걸 고맙게 생각한다. 샴발라로 가게 되면 능력을 각성하고 능력자가 될 테지만, 그것은 그저 첫걸음을 뗀 것일 뿐이다. 학교에서 배운 것들을 토양으로 삼아 더욱 발전하기를 빈다. 이상!!

"감사합니다!!!!"

학생들이 일제히 고개를 숙여 감사 인사를 드렸고, 일어서 있던 교수님들도 우리들에게 고개를 숙여 인사하는 것으로 시험이 마무리됐다.

교수님들과 귀빈들이 나간 후 윤찬이와 강당을 나서는데, 누군가 다가왔다.

근호 형의 어머니였다.

"다들 고생했다. 그리고 축하한다."

"감사합니다!!!"

"도와주지도 못했는데 정말 고생했다, 근호야."

"아니에요. 아버지는요?"

"아버지가 가게에 음식을 준비해 놨으니 어서 가자."

"예."

우리는 근호 형의 어머니를 따라 가게로 갔다.

오늘은 영업을 하지 않았는데, 가게 안에서는 근호 형 아버지께서 열심히 음식을 준비하고 계셨다.

"어서들 와라. 전부 합격한 거지?"

"예, 아버지. 전부 합격했어요."

"다들 축하한다. 거기에 앉아라."

근호 형 아버지의 말씀에 따라 우리는 식기들이 세팅이 되어 있는 자리로 가서 앉았다.

잠시 뒤에 음식들을 내오셨고, 정말 오랜만에 제대로 된 요리들을 맛볼 수 있었다.

다들 성인이라 와인도 몇 병 준비해 주셨는데, 만들어주신 요리들과 궁합이 아주 잘 맞았다.

식사가 어느 정도 끝나자 근호 형 아버지가 입을 열었다.

"근호야, 샴발라에는 언제 가는 거냐?"

"정확한 일정은 정부에서 발표를 하겠지만, 아마 한 달 후가 될 거예요, 아버지."

"그렇구나. 샴발라에 가기 전까지 친구들과 수련할 생각인 거냐?"

"예, 아버지. 이번 졸업시험은 예고편이고, 2차 각성하는 것이 진짜니까요."

"집에서 쉬는 것도 좋겠지만, 2차 각성이 제일 중요한 일이니 열심히 하도록 해라. 하지만 조금 섭섭하구나. 오랫동안 보지 못할 테니 말이다."

2차 각성을 한 후에 차원통제사가 되면 우리는 다른 차원으로 가게 된다.

다른 차원으로 넘어가기 전까지 일주일 정도의 휴가를 주지만, 임무를 수행하게 되면 2년 동안은 집으로 올 수 없으니 걱정이 되시는 것 같다.

"샴발라에 떠나기 전에 찾아뵐게요, 아버지. 2차 각성 후에는 조금 여유가 되니 집에 있을 거구요. 다른 차원에 가게 되면 오랫동안 집에 들르지 못하겠지만, 동료들이 있으니 너무 걱정하지 마세요."

"알았다. 네가 하고 싶은 일이고, 이렇게 멋진 친구들이 있으니 걱정하지 않으마."

두 부자의 대화를 들으니 부럽다.

부모님이 없는 오인방도 근호 형이 부러운 모양이다.

나와 형은 아버지를 볼 수 없으니 마찬가지다.

"이제 진짜 시작이니 다들 조심해라. 떠나기 전에 근호와 같이 가게에 들르도록 하고."

"예, 아버님!!"

우리의 표정을 보신 근호 형 아버님이 한마디 해주셨고, 다들 부모의 마음으로 말씀해 주는 걸 알기에 힘차게 대답했다.

두 분의 배웅을 받으며 가게를 나와 버스를 타고 집으로 향했다.

쉬기도 해야 하고, 내일 있을 유민이의 적성검사가 끝나면 성인이 되는 것을 축하해 주어야 하니 비밀 기지에는 가보지 않을 생각이다.

집에 도착하니 뭔가 생각난 듯 근호 형이 말했다.

"성진아, 성찬아, 이모님들에게 가봐야 하지 않겠냐?"

"그래야겠지. 졸업시험도 치렀는데, 찾아뵙지 않으면 서운해 하실 테니까 말이야."

뭔가 까먹었다고 생각했는데, 이모들이었다.

졸업시험 때 꼭 불러달라고 했었던 것을 까맣게 잊어버리고 만 것이다.

"형! 저녁 때 찾아갈까?"

"그러자. 이모들을 졸업시험에 초청해야 했는데, 그러지 못했으니 찾아뵙는 것이 도리겠지. 연락을 한번 해봐라."

"알았어."

전화기를 들어 큰 이모에게 전화했다.

— 섭섭하다. 연락도 하지 않고.

"죄송해요."

통화가 되자마자 서운함을 드러내는 큰 이모의 목소리에 마음이 찔렸다.

— 언제 올 거니?

"저녁 때 찾아가려고요."

— 친구들하고 다 같이 오는 거지?

"다들 같이 갈 거예요. 그리고 파티원 한 명이 더 추가됐어요. 윤찬이라고, 아시죠?"

— 전에 말했던 그 아이구나. 이번에 합류한 거니?

"예. 그렇게 됐어요."

— 그래, 같이 오렴.

"예, 이모. 조금 있다가 갈게요."

전화기를 끄니 형이 나를 바라본다.

"뭐라셔?"

"무척 서운해하셨어, 형."

"좀 풀어드려야 할 것 같은데… 아무래도 선물을 좀 사야 할 것 같다."

"선물?"

"인마! 매번 받기만 했지, 그동안 두 분에게 선물 같은 건 한 번도 하지 않았잖아."

"그렇기는 하지. 뭐가 좋을까?"

"화장품은 장사 때문에 질색하실 거고… 마법 물품이 좋을 것 같다."

"마법 물품?"

"두 분이 위험해질 때를 대비해 방어 마법이 걸린 것으로 준비했으면 하는데, 너는 어떠냐?"

"그게 좋겠다. 마법 물품은 내가 준비할게."

"그래라."

두 분 이모에게 선물하기로 결정하고, 다들 자리를 찾아 쉬기 시작했다.

건장한 남자가 여덟이나 되지만, 얼마 전에 스페이스가 설치한 공간을 확장하는 마법이 적용되어 불편함은 없다.

각자 개인 침실을 가지고 있으니 말이다.

예전과는 달리 졸업시험이 어려웠기에 힘들었고, 근호 형 아버지 가게에서 점심을 먹고 온 탓인지, 다들 잠을 자러 자신의 침실로 들어갔다.

'그나저나 어떤 마법 물품을 선물하지?'

이모들도 프리랜서다.

그것도 해결사들에게 의뢰를 중개하는 일을 하신다.

더군다나 게이트를 닫는 일도 직접 하실 때가 있으니 위험한 일을 겪으실 확률이 높다.

'실력도 있으시니 위험 상황에 특화된 방어 마법 위주로 된 아티팩트를 선물하는 것이 좋을 것 같구나.'

아공간에 재료도 충분히 있으니 이모들의 상황을 생각해 방어 마법을 담은 아티팩트를 선물하기로 했다.

'내가 제작하면 상당한 시간이 걸릴 테니…….'

스페이스를 통해 배운 마도학이 있으니 직접 만드는 것은 어렵지 않지만 시간이 얼마 없으니 스페이스에게 부탁하기로 해야겠다.

― 스페이스.

― 예, 마스터.

― 이모들 선물로 아티팩트를 준비해 줘.

― 어떤 종류로 하는 것이 좋겠습니까?

― 기습에 대비할 수 있고, 안전한 장소로 공간 이동할 수 있는 마법을 담는 것이 좋겠어.

― 어떤 형태로 제작을 하는 것이 좋겠습니까?

― 아무래도 목걸이나 반지 같은 것으로 하는 것이 나을 거야.

― 알겠습니다, 마스터.

― 도와줘서 고마워.

― 아닙니다.

"좋아! 이걸로 선물은 됐고……."

스페이스에게 부탁을 했으니 이모님들을 찾아갈 때쯤이면 완성이 될 것이기에 자리에서 일어나 바깥으로 나갔다.

불이나 부서진 잔해를 커버로 덮어 놓은 공장으로 갔다.

감각을 집중해 지하에 있는 구조물을 살폈다.

금강산의 비밀 기지를 얻은 후에 알게 된 것들을 기준으로 비교해 보기 위해서다.

지하에 위치해 있으면서 별도의 출입구가 없는 것이, 마법진을 이용한 공간 이동을 통해서만 들어갈 수 있는 비밀 기지와 유사했다.

무엇보다 구조물을 감싸고 있는 에너지의 파장이 매우 흡사했다.

'아무리 살펴봐도 분명 금강산에 있는 비밀 기지와 같은 종류의 것이 확실하다. 그렇다면 저 안으로 들어갈 수 있는 마법진 같은 것이 어디에 있을 텐데…….'

형태도 비슷하고, 에너지 파장도 비슷하다면 어딘가에 내부로 들어갈 수 있는 공간 이동 마법진이 있을 게 분명하기에 에너지 파장을 쫓았다.

'지표로 올라오기 바로 직전에 사라져 버리는 것을 보면 연결되지 않았다는 뜻이다. 그렇다면 외부에서 약속된 공간 이동 마법진을 만들어야만 연결이 된다는 뜻이다. 그렇다면 금강산에 있는 비밀 기지도 외부에서 한번 확인해 볼 필요가 있다.'

곧바로 집으로 돌아가 비밀 기지로 가는 마법진을 활성화시키고, 그와는 별도로 다른 공간 이동 마법진을 만들었다.

비밀 기지로 가는 마법진은 편도로 내가 이동하자마자 폐쇄가 될 것이고, 다른 마법진은 내가 비밀 기지 외부에 설치할 마법진에 대응하는 것이었다.

마법진을 이용해 곧바로 공간 이동했다.

내가 도착한 곳은 통제실이 아니라 아직 개방되지 않은 수련실이었다.

이동하자마자 곧바로 편도행 이동 마법진을 만들어봤다.

비밀 기지 바로 위에 있는 금강산의 계곡의 허공을 좌표로 하는 마법진이다.

'역시 안 되는군.'

마법진이 그려지기는 하지만 활성화되지는 않는다.

기지 근처에서는 불가능하다는 뜻이었다.

거리를 떨어트려 가며 여러 번 시도한 끝에 마법진을 활성화시킬 수 있었다.

비밀 기지가 위치한 계곡에서 10킬로미터나 떨어진 금강산의 바깥쪽이었다.

활성화된 마법진을 통해 비밀 기지 밖으로 나간 후 주변을 살폈다.

'산을 넘어가야겠군.'

구조물이 느껴지지 않기에 계곡이 있는 방향을 따라 봉우리를 넘었다.

계곡으로 내려서 감각을 집중하자 지하에 있는 비밀 기지의 구조물이 느껴졌다.

'역시 구조물에서 흘러나오는 에너지 파장이 지표 바로 직전까지만 뻗어 있다. 어디……'

구조물 주변에 마법진을 활성화시켜 봤다.

마법진과 구조물에서 흘러나오는 에너지가 연결되는 것은 느낄 수가 없었다.

활성화되지 않는 것이다.

마법진을 거두고 난 뒤 전투 슈트를 착용하고 아주 빠르게 계곡을 벗어났다.

밖으로 나온 지점에서 마법진이 활성화되는 것을 확인하고 다시 한참을 벗어난 후에 봉우리가 희미하게 보이는 지점까지 와서 다시 시도해 보니 마법진이 활성화되었다.

마법진을 그대로 둔 채 곧바로 비밀 기지 쪽으로 갔다.

'지표 위로 에너지 파장이 흘러나와 연결이 됐다.'

구조물에서 흘러나오는 에너지 파장이 지표를 벗어나 내가 마법진을 설치했던 방향으로 흘러가는 것을 감각으로 확인할 수 있었다.

'내 예상이 맞았다. 일정 반경 안에서는 마법진을 활성화할 수 없지만, 그 외의 곳에서는 언제든지 공간을 연결할 수 있으니 말이다.'

궁금했던 것을 확인하자 마음이 후련해졌다.

비슷한 것이 존재한다는 것에 의문이 가기는 했지만, 아버지가 남긴 것에 대한 비밀의 한 자락을 풀었기 때문이다.

스페이스도 이 구조물에 대해서 알게 되었지만, 아버지가 만든 것을 살펴봐 달라고는 부탁하지 않았고, 앞으로도 그럴 생각은 없다.

아직 때가 되지 않았다는 느낌도 있지만, 이건 꼭 내가 풀어야 한다는 생각을 가지고 있기 때문이다.

'다른 것도 확인해 보자.'

집에 별도로 설치한 마법진과 대응하는 마법진을 그려보았지만, 역시나 활성화되지 않는다.

'확실히 이곳은 공간 차폐를 통해 공간 이동을 못하게 만들어 놓은 곳이다. 그곳으로 돌아가서 마법진을 지우고 집으로 돌아가 보자.'

다시 한 번 확인을 하고 구조물과 연결시킨 마법진이 있는 곳으로 갔다.

구조물 안으로 들어가는 마법진을 해체하고 집으로 돌아가는 대응 마법진을 그려 활성화시킨 후 이동을 했다.

'그놈들과는 달리 아버지는 저곳으로 들어가는 마법진을 만들어두지는 않았을 것이다. 교도소에서 나오시면 알 수 있을지도 모르겠군.'

아버지만이 저 안으로 들어갈 수 있는 방법을 알고 있을 텐데, 출소가 머지않았지만 면회도 되지 않는 상황이라 아버지를 볼 수 있다는 확신이 없다.

'나올 때가 지났는데도 아버지가 세상에 나오지 않는다면 구조물이 문제가 아니니까.'

아버지가 차원 문제에 얽혀 있다고 생각하기 때문에 법에서 정한 기간이 끝나도 돌아오지 않으시면 나도 가만히 있지 않을 것이다.

스스로 잠적하신 것이 아니라면 아버지의 억압과 관계된 자들을 가만히 두지 않을 것이다.

'제발 살아만 계세요. 그러면 반드시 찾을게요.'

내가 제일 두려워하는 것은 아버지가 돌아가셨을 경우다.

그렇게 되면 내가 어떻게 변할지 나도 장담을 할 수 없으니 말이다.

하지만 그렇지는 않을 것이다.

돌아가셨다면 나도 그것을 이미 느꼈을 거다.

아주 어렸을 때부터 느꼈던 것이지만, 아버지와 나는 연결이 되어 있다.

그것은 형도 마찬가지다.

언젠가 대화를 나눴을 때 큰아버지와 형도 어떤 형태로든 교감을 가지고 있다는 것을 들었다.

뭐라고 설명을 하지 못하지만, 그것만은 분명하다.

아버지에 대한 소식을 들었을 때도 그렇고, 그 소식을 듣고 스승님과 이곳에 와서 죽을 뻔한 위기 상황을 겪었을 때도 아버지와의 연결은 끊어지지 않았다.

지금도 마찬가지다.

교도소에 계신 것이 확실하지는 않지만, 아버지와의 교감이 끊어지지 않았으니 언젠가는 만날 것을 믿으며 앞으로 나아갈 수밖에 없다.

제 7 장

아버지에 대한 생각으로 마음이 뒤숭숭해지는 순간에 스페이스가 텔레파시를 보내왔다.

— 마스터, 작업이 끝났습니다.

— 벌써?

— 예, 마스터.

구조물을 확인하고 아버지에 대해 생각하는 동안 아티팩트 제작이 끝났나 보다.

— 어떤 것인지 보여줘 봐.

스르르르!

말이 끝나기 무섭게 선물이 든 상자가 내 손에 쥐어졌다.

마법 금속으로 만들어진 상자 자체도 아주 귀해 보였다.

상자를 열자 아주 예쁜 목걸이와 반지가 눈에 들어왔다.

― 목걸이에는 앱솔루트 배리어가 반지에는 공간 형성 마법진이 담겨져 있습니다. 하루 한 번만 사용이 가능하고, 백 회를 사용하고 난 뒤 에너지 스톤을 교체하면 됩니다.

― 아주 좋은데? 고마워, 스페이스.

― 만족하신다니 다행입니다. 나름 제가 신경을 썼으니 두 분도 좋아하실 겁니다.

― 하하하! 그래.

스페이스가 점점 사람다워지는 것 같아 좋다.

맹목적으로 나를 따르는 것도 아니라 합리적으로 나에게 최선의 선택을 하도록 해주는 것을 보면 좋은 동반자를 얻은 것 같다.

이제 슬슬 두 분 이모에게 가야 할 시간이다.

근호 형이나 오인방도 함께 갈 생각이다.

인연을 맺은 후 오랜 시간 같이해 왔고, 근호 형이나 오인방도 이모들과 안면이 깊다.

특히나 윤찬이의 경우에는 가게를 차리는 데 많은 도움을 주기도 해서 무척이나 친한 편이니 말이다.

"자! 모두 일어나!! 나갈 준비하자."

다들 잠에 빠져 있기에 큰 소리로 깨웠다.

'너무 제한을 했나?'

사용할 수 있는 능력을 하나도 쓰지 못하도록 제한하고 신체적인 힘만 사용해서 졸업시험을 치르도록 했다.

육체를 거의 극한까지 사용해서 피곤했던 탓인지, 다들 뒤척거리며 자리에서 일어난다.

"이모들한테 갈 거니까, 모두 씻어."

"아함! 알았다."

"으으으, 알았다."

함께 수련을 시작한 이후 집에 큰 샤워장을 마련해 놨기에 다들 하품하며 줄줄이 들어간다.

샤워도 하고, 옷도 갈아입은 후에 얼마 전에 장만한 승합차를 타고 이모들이 운영하는 식당으로 갔다.

이모들은 얼마 전에 의뢰를 받았던 게이트가 있던 곳에서 운영하는 식당은 다른 사람에게 맡기고, 자리를 옮겨 새롭게 식당을 열었다.

가락시장 옆에 지어지고 있는 대규모 유통 타운을 건설하는 인부들을 위한 식당이었다.

전에 비해 규모가 두 배가 넘었는데, 저녁 시간임에도 불구하고, 사람이 제법 있었다.

"어머!! 어서들 와라."

안으로 들어서는 우리들을 보며 깜짝 놀라며 반갑게 맞아주었다.

"안녕하세요, 이모?"

"안녕 못하다. 졸업시험에 초대도 해주지 않고."

"죄송해요, 이모."

"너희들도 마찬가지야."

"저희들도 죄송해요."

서운하다는 듯 눈을 흘기는 이모를 향해 내 뒤를 따라 오던 형들과 오인방도 고개를 숙여 사과했다.

"호호호! 녀석들! 오늘은 야간조가 있어서 조금 더 있으면 시간이 나니 저리들 앉아라. 식사들은 아직 안 했지?"

"예, 이모. 밥 좀 주세요."

"알았다."

큰 이모가 가리키는 자리에 가서 앉았다.

얼마 있지 않아 이모들이 밥과 반찬들을 내오기 시작했는데, 작은 이모도 반찬을 내려놓으며 한마디 한다.

"성찬아! 연락 좀 하고 살자."

"죄송해요."

"졸업식 때는 꼭 오세요."

"그래야지. 그나저나 윤찬이는 오랜만에 보네?"

"죄송해요. 가게가 바빠서……."

"하긴, 동생도 돌봐야 하니 바빴겠지. 그나저나 이 녀석들과 같이 온 것을 보니 함께하기로 한 거니?"

"그렇게 됐어요."

"잘 생각했다."

"무슨 말이 그렇게 많니! 일단 밥부터 먹자. 돼지도 잘 먹인 후에 잡는 거다."

"호호호! 알았어, 언니!"

인사할 때 보니 안 그런 줄 알았는데, 큰 이모가 단단히 화가 났나 보다.

"자, 같이 먹자. 우리도 저녁 전이거든."

이모들과 함께 식사를 했다.

언제나 그렇지만, 집에서 먹는 것처럼 아주 맛있었다.

근호 형 아버지가 만든 음식도 맛있기는 하지만 이모들이 만든 것처럼 푸근함을 느낄 수는 없다.

두 분이 만든 음식들은 맛있기도 하지만 정이 느껴지니 말이다.

식사를 다 끝내고 난 뒤 큰 이모가 입을 열었다.

"윤찬아!"

"예, 이모."

"네가 합류하면 유민이는 어떻게 할 생각이냐?"

"유민이는 가수가 될 것 같아요. 유명한 작곡가가 함께하자고 해서……."

윤찬이는 유민이와 정호영 사장의 일을 차분하게 설명해 주었다.

"잘됐네. 유민이가 원래 노래를 아주 잘했으니 말이다."

"그렇기는 할 거예요. 하지만……."

우리와 함께 하게 됐지만, 아직은 유민이에 대한 걱정은 떨쳐 버리지 못했는지 윤찬이가 말끝을 흐렸다.

"유민이 문제는 해결이 됐으니 너도 이제 하고 싶은 것을 해라. 차원통제사가 되고 싶어 했잖니?"

"그래도 제가 없으면 힘들어할 것 같아요."

"걱정을 사서 하는구나. 내일 적성검사를 하게 되면 아마도 그쪽 방면으로 적성이 확인될 거다. 그리고 네가 없는 동안 우리가 데리고 있으면서 돌봐줄 테니 걱정하지 말고 네가 꿈꾸던 일을 해라."

"유민이를 돌봐주신다고요?"

"친자식처럼 여기는 놈들이 우리 생각도 하지 않고, 다들 사내자식들이니 이참에 딸자식 하나 키우는 셈 치련다."

"고, 고맙습니다."

"고맙기는 우리가 더 고맙지. 사실 유민이가 간혹 우리에게 들러 딸자식 노릇 좀 했다."

"유민이가요?"

"일하느라고 바쁜 너 대신 찾아와서 애교도 떨어주고 했어."

"죄, 죄송해요."

내 부탁으로 음식도 가르쳐 주고, 가게를 얻어주며 생활할 수 있도록 해준 두 이모를 바빠서 자주 찾아뵙지 못했던 것이 마음에 걸렸는지 윤찬이가 미안해한다.

"호호호! 미안해하긴! 동생을 위해 살아보려고 노력한 건데. 괜찮아."

"앞으로는 자주 찾아뵐게요."

"에구! 이 녀석아. 앞으로 눈코 뜰 새 없이 바빠질 텐데, 그게 되겠어? 유민이는 우리가 잘 돌볼 테니까 열심히 해. 자리가 잡히면 자주 찾아오도록 하고."

"그럴게요."

"자! 윤찬이는 이것으로 됐고. 어째서 우리를 졸업시험에 초대하지 않은 건지 한번 들어볼까?"

큰 이모가 눈을 흘기며 우리를 훑어본다.

"죄송해요. 뭐라 할 말이 없네요, 이모. 유민이 때문에 연락할 정신이 없었어요."

"유민이에게 무슨 일이 생겼던 거니?"

두 이모의 얼굴이 순식간에 굳어졌다.

갑자기 우리 주변에 있는 에너지가 갑자기 가라앉는 것을 보니 식당을 운영하는 분들이 아니라 각성자라는 것을 다시 한 번 확인할 수 있었다.

하지만 유민이를 딸처럼 여긴다는 말씀이 허언이 아니라는 것도 확인할 수 있어 기분은 좋았다.

"무슨 일이 있었는지 어서 말해봐."

"그러니까……."

비밀 기지의 일은 제외하고, 정호영과 강재문 사이의 일과 유민이가 어떻게 엮이게 됐는지 말씀을 드렸다.

"JM도 그렇게 해결했다 치고, 강남바보라는 그 사람과 엮여 있는 SY라는 놈은 유명한 가수라 자신이 남의 음악을 가로챘다는 것이 세상에 알려지는 것을 막으려 할 텐데, 어떻게 할 생각이냐?"

"일단 연예계 일을 주로 하던 해결사들을 붙여 놨으니 문제는 없을 거예요. 하지만 SY로 알려진 수영이라는 놈이 어떻게 나올지 모르니 대비를 해야 할 것 같아요. 회사에서 자제하라고 해도 그냥 있을 놈이 아닌 것 같으니 말이죠."

"알았다. 너희들은 샴발라에 가야 하니 그것은 우리가 맡으마. 그놈이 어떤 짓을 할지는 모르지만, 감히 유민이를 해코지하려고 한다면 그것이 얼마나 큰 실수인지 깨닫게 될 거다."

"고마워요, 이모."

"고맙기는! 우리 딸이나 마찬가지인데, 당연한 일이다."

두 분 이모가 어떤 힘을 지니고 있는지는 모른다.

그렇지만 국정원과 연계를 가지고 의뢰를 주는 것 하나만으로 정수영이 무슨 짓을 해도 막아낼 수 있는 힘을 지녔다는 것은 분명하다.

"그건 그렇고. 내일 유민이 적성검사일인데, 어떻게 할 생각이냐?"

"일단 적성검사에서 어떤 적성인지 확인이 되고 나면 거기에 맞춰서 선물을 준비하기로 했어요."

"하긴! 그렇게 하는 것이 제일 낫지. 적성검사는 오전이면 끝날 테니 오후에는 선물을 사러 가겠구나."

"그렇게 하려고요."

"그럼 우리도 같이 가야겠다."

"이모님들도요?"

"오늘 콘크리트를 치는 것이 끝나면 내일부터는 양생이니 식당에 올 사람도 얼마 없어서 쉴 생각이었다."

내일도 식당을 운영해야 할 테지만 유민이를 위해 아무래도 우리 일정에 맞춰 휴일을 잡으신 것 같다.

이모님들의 힘이라면 공사 일정을 조정하는 것은 아무것도 아닐 테니 말이다.

"그럼 같이 가세요. 유민이도 좋아할 거예요."

"그럼 내일 아침에 우리를 데리러 와라. 내일은 하루 종일 너희들이랑 함께 움직일 테니 각오들 하고."

"예, 이모! 내일 아침 9시에 올게요."

"그럼 내일 보도록 하고. 다들 피곤해 보이니 이만 가서 쉬어라."

"예, 이모."

다들 잠을 좀 자기는 했지만 피곤해 보이는 모양이다.

각성자들이시니 금방 알아차린 것 같다.

"그럼 갈게요."

"그래."

이모들에게 인사를 하고 식당을 나섰다.

스페이스가 장만한 선물을 드려야했지만 내일 적성검사를 끝낸 유민이에게 선물을 줄 때 드리는 것이 나을 것 같아서 꺼내지 않았다.

이모들의 배웅을 받으며 식당에서 나와 승합차에 탄 후 집으로 향했다.

"성찬아! 이모들 선물도 내일 살 거냐?"

"아니, 선물은 이미 준비했어. 내일 유민이 선물 줄 때 같이 드리려고 해."

"그것보다는 졸업식 때 드리는 것이 좋지 않을까?"

옆에 있던 근호 형이 의견을 냈다.

"졸업식 때?"

"그래, 성찬아. 근호 말대로 졸업식 때 드리는 것이 좋겠다. 눈치를 보아하니 이모들이 꼭 참석하고 싶어 하시는 것 같고,

의미도 있으니 말이다."

"알았어. 그렇게 할게."

"그나저나 유민이 선물은 어떤 것으로 살 거냐? 명색이 차원 통제사를 바라보는 오라버니들이 돼 가지고 아무거나 살 수도 없고 말이다."

"마켓으로 가려고 해, 근호 형."

"마켓이라면, 채널 라인으로 갈 생각이냐?"

"그래. 그동안 거래해 온 것도 있고, 무엇보다 믿고 살 수 있을 테니 말이야."

"마법 물품을 사려면 돈이 꽤나 들 텐데……."

"하하하! 그건 걱정하지 마. 성진이 형과 내가 알아서 할 테니까."

"그렇지만, 성찬이 형!"

"윤찬아, 유민이도 내 동생이니 아무 말 하지 마라."

"아, 알았어요."

내가 눈을 부라리자 윤찬이가 입을 다문다.

마법 물품이 상당히 고가라 부담스러워하는 것을 알지만 유민이를 위해서라도 선물은 내 돈으로 사서 줄 생각이다.

이모님들이야 각성자시라 내가 만든 아티팩트를 사용하는데 지장이 없지만 유민이는 아니다.

일반인도 사용할 수 있는 마법 물품을 마켓에서 사서 약간 고친 후 주어야 하니 말이다.

"나 몰래 쓸데없이 선물 같은 거 준비하지 마라, 윤찬아. 그리고 가게 정리하고 받을 보증금 하고, 저축해 놓은 돈 같은 것이 있으면 떠나기 전에 모두 유민이게 넘겨라. 그 아이도 돈이 필요할 거다. 무엇보다 앞으로 너는 돈 필요할 일이 없을 테니."

"그렇게 할게요."

윤찬이가 대답을 하며 고개를 끄덕였다.

"그나저나 내일부터는 여기저기에서 연락이 올 텐데, 어떻게 할 생각이냐?"

차원정보학과의 졸업시험을 오늘 치른 학생들은 벌써 정보가 풀렸을 것이다.

가까운 미래에 차원통제사가 될 것이 확실한 이들이라 차원 정부나 에이전시, 그리고 대기업 같은 곳에서 인재들을 확보하기 위해 연락이 많이 올 것이다.

"지인들 빼고 전부 차단시키는 것이 좋을 것 같아. 쓸데없는 데 시간을 빼앗기면 곤란하니까 말이야."

"그렇지만 윤찬이는 어떻게 할 건데?"

"윤찬이에 대한 정보는 없을 테니까 모레 차원 센터로 가서 검사를 받으면 될 거야. 지금 수준 정도면 충분히 샴발라로 갈 수 있을 테니까 말이야."

"하긴, 비전을 익힌 이들을 우대하니까 충분하기는 하겠지. 하지만 우리 문파가 노출될 텐데, 어떻게 할 거냐?"

차원정보학과 같은 데서 전문적으로 다른 차원에 대해 공부하지 않아도 샴발라로 갈 수 있는 방법이 있다.

1차 각성자 중에 비전을 익혀 어느 정도 에너지를 다루는 이들은 샴발라로 갈 수가 있기 때문이다.

하지만 약간 문제가 있다.

차원 센터에서 검사를 받고 등록을 하게 되면 비전의 출처를 공개해야 한다.

일인전승으로 계승이 되는 경우에는 신청자가 공개 여부를 결정하면 된다. 문제가 되는 것은 바로 문파에서 비전을 배운 이들이다.

그동안 비전을 이은 이들이 차원통제사가 되기 위해 차원 센터를 찾으면서 숨어 있던 많은 문파들이 세상에 알려졌다.

세력을 갖춘 문파들은 크게 문제가 될 것이 없었지만, 그렇지 않은 곳은 각종 이익집단에 휘둘려 문파의 근간이 흔들리는 사태가 발생했다.

그와 더불어 문파에 소속되어 있다가 원한을 가지고 나온 자가 일인전승으로 배웠다고 신고 후 샴발라에서 각성하자 차원을 넘나들며 힘을 키워 복수를 감행한 탓에 문파 자체가 사라진 경우도 제법 있었다.

차원통제사를 키우는 토양이 사라질 수 있는 까닭에 차원 센터에서는 비전을 익힌 자가 등록을 하면 철저하게 조사한다.

익히고 있는 비전이 일인전승으로 이어진 것인지, 아니면 문파에서 배운 것인지 확인을 하는 것이다.

차원 센터에서는 문파에 소속이 되어 있으면서도 일인전승이라고 속인 자들은 곧바로 체포한 후 문파로 연락을 해서 처리하도록 했다.

신청자가 처음부터 소속을 밝히고 허락을 받았다고 하면 허락 여부를 문파에 문의한 후 등록을 해준다.

하지만 이런 경우는 이미 조사가 끝난 문파에 한해서다.

세상에 알려지지 않은 문파라면 철저하게 조사를 한다.

중국에서 알려지지 않은 문파 하나를 통째로 보내 샴발라로 향하던 차원통제사 후보들을 제거하려던 것이 적발되면서부터였다.

삼환문은 차원 센터에 알려지지 않은 문파다.

윤찬이가 등록을 하게 되면 조사가 이루어질 것이고, 문제가 될 소지가 있기에 근호 형이 걱정을 표했다.

"본 문에 대해서 정확하게는 모르겠지만, 이미 대강은 알고 있을 거야, 형."

"본 문에 대해 알고 있다고?"

"차원 센터에서 어떻게 비전을 익히고 있는 사람들을 조사하는지 모르지?"

"설마!"

"그래, 맞아. 국정원과 연결되어 있어. 우리는 국정원에서 의뢰한 일들을 해왔으니 어느 정도는 알고 있을 거야. 이렇게 공식적으로 문파를 밝히고, 차원 센터에 등록하는 것은 처음이지만 말이야."

"그럼 됐다."

차원정보학과에서 4년 동안을 배웠으니 근호 형도 다른 문파와 삼환문이 다르다는 것을 안다.

문도들에게 전투 슈트를 지급하고, 본거지에 마법적인 배리어를 칠 수 있는 문파는 하나도 없으니 말이다.

삼환문의 비밀에 대해 걱정하고 있다가 내가 상관이 없다는 듯 말하자 안심하는 것 같다.

"윤찬아! 너는 삼환문도고, 문파의 정식 허락을 받아 등록하는 거다. 그리고 문파가 어디 있냐고 물으면 전에 갔던 송지암을 말하면 된다."

"알았어요, 형."

스승님으로 인해 송지암은 꽤 알려진 곳이다.

스승님과 인연을 맺고 있는 이들 중에 몇몇 거대 문파의 장문인이 있으니 말이다.

정식 이름이나 문파의 절기에 대해서는 공식적으로 알려진

적이 없지만, 스승님의 행적과 나와 성진이 형의 활동으로 인해 어느 정도는 알려져 있으니 조사해도 나올 것이 별로 없을 것이다.

송지암에는 이미 조치를 취해뒀으니 아무리 국정원이라도 그곳에 무엇이 있는지 알아내지는 못할 것이다.

대화를 하는 동안 집에 도착했다.

수련을 시작하는 것은 이틀 뒤라서 그런지 다들 씻고 자신의 침실로 들어갔다.

졸업시험을 치르며 쌓인 피로가 안 풀린 모양이다.

'마켓에 연락해 봐야겠군.'

채널 라인이 문을 닫는 시간은 저녁 10시다.

아직 문을 열고 있을 시간이었기에 유민이에게 줄 마법 물품을 확인하기 위해 전화를 걸었다.

벨이 울리기 무섭게 상대가 전화를 받았다.

― 안녕하십니까?

"오랜만입니다."

― 그러게 말입니다, 하하하! 그나저나 어쩐 일로 이렇게 전화를 다 주셨습니까?

회사에 소속되어 있으면서도 고객을 우선하고, 언제나 밝게 응대하는 채널 라인의 유승호 매니저는 언제나 사람을 기분 좋게 한다.

"내일 일반인 전용 방어 마법 물품을 좀 사려고 합니다. 그리고 선물을 줄 사람이 내일 적성검사를 받아서 그에 맞는 선물도 좀 하려고 하는데, 괜찮겠습니까?"

— 내일이 적성검사라면 오후에 오시겠군요. 선물을 주실 분은 어떤 분이십니까?

대상의 특성에 따라 적절한 아이템을 준비해야 하는 것을 아는 까닭에 유민이에 대해 설명해 주었다.

— 어느 정도 감을 잡았으니 꼭 필요할 만한 아이템들을 준비해서 기다리고 있겠습니다.

"고맙습니다. 그럼 내일 뵙겠습니다."

— 예, 들어가십시오.

유승호 아이템 매니저와 통화를 끝내고, 샤워실로 가서 몸을 씻고 잠자리에 들었다.

내일부터는 무척이나 바빠질 것 같다.

얼마 있으면 진행될 2차 각성을 위한 준비로 차원 센터는 밤낮을 잊고 있었다.

차원정보학과에서 졸업시험을 치른 이들에 대한 사전 조사는 이미 끝내 놓은 상태지만, 비전을 이은 이들의 등록에 대비해 여러 가지 준비를 해야 하기 때문이다.

대상자의 에너지 변환 수치를 측정하는 각종 장치에 대한 점검과 함께 신청자가 제출할 신상 정보를 확인하기 위한 팀이 꾸려야 하는 터라 차원 센터의 인재관리부 직원들은 밤이 늦은 가운데도 자신의 업무에 매진하고 있었다.

"부장님! 이번에 국정원에서는 몇 명이나 파견을 보낼 예정이라고 합니까?"

"작년과 같은 수준이 될 거라고 들었다."

인재관리부장의 말에 검사과장이 인상을 찡그렸다.

무슨 일인지, 작년에는 최소 20명이 파견을 와야 하는데도 절반밖에 오지 않아 애를 먹었기 때문이다.

"하하하! 걱정하지 마, 박 과장. 이번에 파견 오는 분들은 모두 A급 진성 각성자라고 하니 말이야."

"예? 그게 정말 입니까?"

A급 진성 각성자 두 명이 각각 팀장이 되고, 그 밑으로 B급에서 C급 팀원들 적절히 배치되어 총 20명이 와야 했다. 하나모두 A급 진성 각성자라니, 검사과장을 하고 있는 박상용은 놀라지 않을 수 없었다.

"작년과는 달리 조사 과정은 전부 국정원에서 담당한다고 하니 박 과장은 신청과 검사에만 신경을 쓰면 될 거야."

"알겠습니다, 부장님."

한정 지어 말하는 부장의 태도에 뭔가 있다는 것을 알아차렸
지만, 박상용은 궁금증을 지우고 지시를 따랐다.

'우리야 일이 줄면 좋은 일이니까.'

에너지 변환 검사가 끝난 저녁이면 파견 온 국정원 직원들과
함께 대상자의 조사를 지원했던 작년과는 달리 올해는 일찍 퇴
근하는 것도 가능하다는 기쁜 소식을 듣고 박상용은 부장실을
나섰다.

"휴우, 도대체 누굴 조사하기에……."

기뻐하며 자릴 떠난 박상용과는 달리 이번에는 상황이 심상
치 않다는 것을 느끼고 있었던 이인학은 한숨을 내쉬며 고개를
저었다.

센터장을 비롯한 차원 센터의 고위직들이 이번에 국정원에서
파견을 온 이들로 인해 무척이나 긴장하고 있다는 것을 느끼고
있었기 때문이다.

"어쩌면 그 소문이 사실일지도 모르겠군."

대변혁이 일어나고 얼마 후 세상에 알려지지 않은 중국의 문
파 하나가 대한민국으로 잠입을 했었다.

몇 년 동안 한국에서 문파를 운영하다가 문도들이 차원 센터
에 등록한 후 샴발라로 이동하는 과정에서 차원통제사 후보들
을 암살하려는 사건이 있었다.

사전에 정보를 입수한 국정원의 진성 각성자들이 호송을 담

당했고, 샴발라에 도착한 직후 전원 체포했기에 망정이지 그렇지 않았다면 엄청난 타격을 받았을 사건이었다.

이후로 철저한 검증 과정과 함께 A급 진성 각성자들이 호송을 담당하면서 인재들의 암살을 철저하게 막아왔다.

그동안 별다른 일이 없었지만, 몇 년 전에 있었던 첩보전에서 패한 중국이 보복을 위한 작전 중 하나로 차원통제사 후보를 노린다는 소문이 퍼지고 있어 그것을 대비하기 위한 것일 수도 있었다.

"하지만 그것만으로는 너무 과해. 검사 조에 10명이 오는 대신 호송 조는 세 배로 인원이 늘었으니까 말이야."

비전을 이은 이들이 얼마나 될지 모르지만, 예년의 경우를 생각한다면 너무 과한 수의 인원이 호송에 투입되고 있었다.

국정원에 소속된 진성 각성자 중에 거의 10%나 되는 인원이 호송에 투입되었다는 것은 호송 과정에 엄청난 일이 벌어질 것을 암시하기에 이인학의 인상은 펴질 줄을 몰랐다.

아침 일찍 일어나 씻은 후 근호 형과 함께 음식 준비를 했다.

재료야 냉장고에 넉넉하게 들어 있기에 준비하는 것은 그다지 어렵지 않았지만 장정 여덟이 먹을 것이라 양이 많기에 시간이 좀 걸렸다.

우리 둘이 음식을 만들 동안 다들 몸을 씻은 후 식탁으로 왔
다.

"진수성찬이구나, 근호야."

"얼른 먹고 유민이에게 가야 한다."

"알았다."

서둘러야 했기에 말없이 음식을 먹기 시작했고, 다들 먹성이
워낙 좋기에 식사는 금방 끝이 났다.

식사가 끝난 후 양치질을 한 후 집을 떠났다.

성진이 형이 열다섯 명이 넉넉히 탈 수 있는 승합차를 몰았
고, 정호영의 집으로 가서 유민이를 만났다.

"오빠들, 안녕!!"

"안녕하십니까?"

유민이가 승합차에 타며 인사를 하자 정호영도 따라 인사했
다.

그렇게 두 사람을 싣고 식당으로 향했다.

두 분 이모도 화사하게 옷을 입고서 식당 앞에서 우리를 기다
리고 있었는데 화장까지 옅게 한 것이 평소에 보지 못했던 모습
니다.

"안녕하세요, 이모들!!"

"그래, 유민아."

"오랜만이구나."

유민이의 인사를 받으며 두 분 이모가 차에 올라탔고, 우리들은 곧바로 적성검사장으로 향했다.

유민이가 갈 검사장은 강동 구청이었는데, 시간을 딱 맞춰서 이동했기에 여유 있게 도착할 수 있었다.

구청에는 사람들이 많았다.

적성검사를 하게 되면 자신의 적성을 알게 되는 것뿐만이 아니라 대한민국의 국민이라는 신분증을 지급하고 당당히 국민의 권리를 행사할 수 있기에 가족들과 오는 경우가 많았기 때문이다.

실제로 적성검사가 진행이 되는 곳은 당사자만 들어갈 수 있기에 가족들은 구청 로비에서 대기해야 했다.

"저 다녀올게요."

"그래. 아무것도 아니니까 너무 떨지 말고."

"걱정하지 마세요."

큰 이모의 말에 미소를 지어 보인 유민이는 검사장으로 갔다.

검사장으로 들어가는 입구에 앳되어 보이는 이들이 10여 명이 서 있었는데 유민이는 로비를 지나 그 뒤에 섰다.

검사 장치를 사용하기는 하지만 본성을 확인하는 것이 그리 쉽지 않은 탓에 검사에 제법 시간이 걸렸다.

서 있는 줄이 천천히 줄어들었고, 안으로 들어간 후 한참 시간이 지난 후에 검사를 받은 아이들이 나오기 시작했다.

검사장으로 들어간 지 한 시간 정도 지난 후에 유민이가 적성 검사 결과지와 신분증을 들고 우리가 있는 곳으로 조르르 달려 왔다.

큰 이모가 궁금한 듯 유민이에게 마중하며 물었다.

"유민아, 뭐라고 나왔니?"

"본성이 감성의 소리라고 하네요."

"감성의 소리라고?"

"예, 그렇게 나왔어요."

"호호호! 잘됐구나. 네가 노래를 부르고 싶다고 들었는데, 아주 적합한 본성이구나."

"히히! 저도 그래서 기뻐요."

"어머! 신분증 사진도 예쁘게 나왔네."

"호호호! 그렇죠."

작은 이모가 신분증을 보며 칭찬을 하자 유민이도 환하게 웃으며 좋아했다.

"축하한다."

"고마워, 오빠."

윤찬이도 동생이 가수가 되고 싶어 했던 것과 유사한 본성이 나와 좋은 모양이다.

'놈들이 원했던 것을 보면 가수뿐만이 아니겠지. 어쩌면 재

능 쪽으로 발탁이 될 가능성도 있겠구나.'

강남바보라는 예명을 가지고 있는 정호영도 재능 쪽으로 발탁되어 샴발라로 가서 각성자가 된 케이스다.

유민이의 본성으로 밝혀진 감성의 소리는 가수로서의 능력을 끌어 올릴 뿐만 아니라 사람의 마음을 자극하는 것일 확률이 높다.

예상이기는 하지만 각성을 하게 되면 엄청난 반향을 불러올 것이다.

유민이와 비슷하게 사람의 마음을 움직이는 본성을 가진 각성자가 요주의 대상이었으니 말이다.

사람의 마음을 움직이는 본성 중에 매혹이라는 것이 있다.

매혹의 본성을 가진 이가 다른 이를 자신의 매력에 빠트려 원하는 방향으로 유도하는 형태로 각성을 하게 되면 엄청난 힘을 발휘하게 된다.

매혹의 본성을 가진 이는 그 능력으로 세상을 제 마음대로 휘저을 수도 있어서 정치 쪽으로는 발을 들여놓을 수 없게 법제화되어 있을 정도다.

다른 사람을 스스로의 의지와는 상관없이 맹목적으로 따르게 만들 수 있을 뿐만 아니라, A급 진성 각성자가 될 경우 다른 사람을 꼭두각시로 만들 수 있어서다.

그래서 매혹의 본성을 가진 이들이 각성을 하게 되면 정보나

수사 계통에 몸을 담는 것이 일반적이다.

그것도 진실과 관련된 능력을 다루는 각성자의 감시하에서만 움직일 수 있도록 엄밀히 다루어질 정도다.

아마 감성의 소리도 유사할 것이다.

다른 사람의 감정을 건드리는 것은 맞지만, 마음의 방향을 돌릴 수 있도록 계기를 만들어주는 것이니 말이다.

매혹보다는 위험도가 떨어지지만, 아주 유용하기에 적성검사 결과가 보고가 되었을 것이다.

"조만간 연락이 올 테지만 준비해 놔야겠군."

JM에서 유민이를 노리면서 어느 정도 예상을 했지만, 감성의 소리라면 이번 샴발라로 가는 길에 유민이도 들어갈 수 있기에 준비해 놓기로 했다.

— 스페이스.

— 예, 마스터.

— 유민이도 샴발라로 갈 것 같으니까 준비를 해야 할 것 같아. 위험 상황에서 방어할 수 있는 마법을 준비해 줘. 신체뿐만 아니라 정신계 방어 마법까지 준비를 해야 할 거야.

— 준비해 두겠습니다.

— 유민이는 에너지를 사용할 수 없으니까 조금 있다가 일반인 전용 아이템을 사러 갈 거야. 상시 사용할 수 있도록 아공간을 이용한 에너지 스톤 교체 장치도 생각해 둬. 그리고 추적할

수 있는 장치도 달고.

— 예, 마스터.

우리가 유민이를 보호하기는 하겠지만, 어떤 상황이 발생할
지 몰라 좀 과하게 준비를 시켰다.

스페이스가 준비하는 것이라면 어느 정도는 안심할 수 있을
것 같다.

"자! 이제 우리 점심 먹으러 가자."

큰 이모가 우리를 둘러보며 말했다.

유민이가 성인이 됐으니 맛있는 것을 해줄 모양이다.

"가시죠, 이모."

성진이 형이 차가 있는 곳을 앞장을 섰고, 우리들도 뒤를 따
라 구청을 나섰다.

이모가 안내한 곳은 공사장에 있는 식당이 아니었다.

구청 근처에 있는 5성급 호텔이었는데, 미리 예약을 해놓으
셨다고 한다.

호텔 레스토랑으로 들어가니 룸으로 예약이 잡혀 있었다. 안
내하는 매니저나 수발을 드는 종업원들이 이모들을 대하는 태
도가 심상치 않다.

"이모, 여기 아는 곳이에요?"

"이 호텔 지분을 좀 가지고 있다."

"그랬군요."

지분을 가진 정도로 이런 대접을 받는 것이 아닐 것이다.

이모들의 숨겨진 정체를 생각하면 아마도 이 호텔 소유주일 것이다.

"호호호! 오늘 마음껏 먹어라, 유민아. 여기 음식이 제법 괜찮으니 말이야."

"고마워요, 이모."

"고맙기는! 유민아, 성인이 된 거 축하한다. 앞으로 열심히 하고."

"알았어요, 이모."

큰 이모의 말에 유민이의 얼굴이 발갛게 달아올랐다.

부모님이 돌아가시고 남매가 어렵게 생활하는 동안 이런 호의를 받아본 적이 없어서일 것이다.

"오늘은 내가 특별히 부탁해서 코스 요리를 준비했는데, 다들 괜찮지?"

"예! 이모!!!"

미식에 대해서는 알아주는 분이기에 다들 기대 섞인 목소리로 대답을 했다.

"매니저, 준비한 것들 내오도록 해요."

"네. 잠시만 기다리십시오."

매니저가 대답을 하고 밖으로 나가자 음식들이 들어오기 시작했다.

전채 요리를 비롯해 코스대로 음식이 들어오기 시작했는데 이모 말대로 정말 맛있는 요리들이었다.

맛있는 요리를 먹으며 이런저런 이야기를 나누었다.

대화에는 잘 끼지 못하지만, 미식가라고 알려진 정호영도 맛있게 음식을 먹으며 우리의 대화를 경청했다.

음식을 다 먹고 차를 마실 즈음 큰 이모가 궁금한 것이 있는지 정호영을 불렀다.

"그나저나 정 사장님!"

"예, 말씀하십시오."

"우리 유민이가 성공할 것 같나요?"

"유민이가 클럽에서 노래 부를 때 관객들 반응을 보면 확실히 성공할 겁니다."

"유민이가 부를 곡하고 매니지먼트는 어떻게 할 생각인가요?"

"일단, 제가 만든 곡들을 유민이가 부르도록 할 생각입니다. 그리고 매니지먼트는……."

정호영은 매니지먼트 회사 설립에서부터 쇼 케이스와 향후 어떻게 일이 진행이 될지에 대해 자세하게 설명을 했다.

큰 이모는 정호영의 이야기를 들으며 부족한 부분에 대해서는 의견을 내는 등 마치 부모처럼 꼼꼼하게 점검을 했다.

정호영 사장이 수첩까지 꺼내 받아 적어야 할 만큼 큰 이모는 많은 의견을 냈다.

사실 짜증이 날 법도 한 일이지만 자신이 미처 생각하지 못한 부분이 많았는지, 정호영은 마치 학생처럼 큰 이모의 말을 경청했다.

"고맙습니다. 사실 작곡만 했지, 매니지먼트는 처음이라 부족한 점이 많았는데 많은 도움이 됐습니다."

"그렇다면 다행이네요. 주제 없이 나선 것이 아닌가 해서 걱정했는데. 우리 유민이 잘 좀 부탁드려요, 정 사장님."

"아닙니다. 제가 부탁을 드립니다. 유민이는 제 뮤즈니 말입니다."

"호호호! 뮤즈라니 다행이네요. 그나저나 유민이를 케어할 로드매니저는 구하셨나요?"

"예. 성찬 씨가 소개시켜 준 사람이 맡고 있습니다. 유물 각성자 분이라 많은 도움이 될 것 같습니다."

"그래요?"

정호영 사장의 말을 들은 큰 이모가 나를 바라본다.

"유물의 자아를 완전히 이겨내고 자신의 것으로 만든 분들이라 걱정하지 않아도 돼요, 이모."

"그렇구나. 그 정도면 로드매니저로 채용하기 힘들었을 텐데, 어떻게 된 일이니?"

"인연이 있는 분들이 도와주시는 거예요. 자세한 것은 다음에 말씀을 드릴게요."

"그래. 네가 소개했으면 믿을 수 있겠다. 유민이를 위해서도 괜찮을 거고. 잘 부탁한다고 전해줘라."

"예, 이모.

저런 부탁을 하시는 것을 보니 큰 이모도 이미 유민이의 본성에 대해서 파악을 하신 모양이다.

"자! 이제 식사도 다 끝났고. 우리 유민이 선물을 사러 가야 하지 않겠니?"

"그래야죠."

적성검사를 끝내고 확인하고 나면 가족이나 지인들이 본성에 걸맞는 선물을 해주는 것이 유행이다.

큰 이모의 말에 다들 자리에서 일어났고, 레스토랑을 나와 성진이 형이 모는 승합차를 타고 채널 라인으로 향했다.

제 8 장

채널 라인에 도착한 후 매장 안으로 들어가 유승호 매니저를 찾았다.

　나와 지속적으로 거래를 한 덕분에 팀장을 달았으면서도 매장 하나를 맡아 아직도 아이템 매니저 일을 보고 있기에 만나는 것은 어렵지 않았다.

　매장에 들어서자 유승호 매니저가 정중하게 인사를 했다.

　"오셨습니까?"

　"예, 반가워요. 팀장이 되셨으면서 매장을 맡고 계신데, 매니저 일이 힘들지 않으세요?"

　"하하하! 아이템을 감정하는 것이 좋아서요. 일단 안으로 들어오시죠."

매장 안에는 단체 손님을 위한 커다란 테이블이 있었기에 안으로 들어가 자리에 앉았다.

"성찬 오빠! 괜찮아?"

유민이가 매장을 두리번거리며 한마디 한다.

내가 데리고 온 곳이기는 하지만 차원 관련 상품을 파는 곳이라 부담이 되는 모양이다.

내가 하는 일을 알고 있는 두 분 이모나 성진이 형을 제외하고 근호 형과 오인방도 유민이와 다르지 않게 불안한 눈빛을 보내고 있다.

"쓸데없는 걱정하지 말고 마음에 드는 거나 골라라. 이 정도 선물은 충분히 해줄 능력이 되니까 말이야."

"고마워요, 오빠."

"고맙습니다, 형님."

유민이와 윤찬이가 고맙다고 말하며 눈시울을 붉히는 것을 보니 괜히 멋쩍다.

때마침 유승호 매니저가 내가 말한 것들을 가지고 왔다.

"일단 준비한 것부터 가지고 왔습니다."

"고마워요."

"아닙니다. 선물을 받으실 분이 본성이 어떻게 되는지 알려주시면 보실 수 있도록 세팅해 드리겠습니다."

"적성검사에서 감성의 소리라고 나왔습니다."

"그러시군요. 대충 골라 놓기는 했는데 몇 가지는 빼고, 몇 가지는 추가해야 할 것 같습니다. 잠시만 기다리십시오."

유 매니저가 가볍게 고개를 숙여 보인 후 아이템을 보관하고 있는 곳으로 갔다.

"오빠, 이것들은 뭐예요?"

"네가 위험한 상황에 처한 적이 있으니 방어 마법이 걸린 아이템들을 준비해 달라고 했어. 거기 있는 아이템 감정기에 놓으면 어떤 기능이 있는지 상세히 나올 테니까 골라봐라."

"알았어요."

유 매니저가 가지고 온 아이템은 모두 세 개였다.

유민이가 아이템 하나를 투명한 케이스에서 꺼낸 후 감정기에 올려놨다.

곧바로 무슨 기능이 있는지 정보가 나왔다. 세 번 중첩되는 배리어와 공격을 당하면 순식간에 자리를 옮기는 블링크가 담겨져 있었다.

다음 아이템은 블링크와 함께 배리어가 다섯 번 중첩되는 것이었고, 마지막 아이템은 강화 배리어가 두 번 중첩되면서 착용자가 지정하는 곳으로 공간 이동을 하게 되어 있는 것이었다.

"오, 오빠!"

처음 확인한 것은 일반인이 사용할 수 있는 아이템 등급 중에

B급 최상위였고, 나머지는 A급 아이템이었기에 유민이가 떨리는 눈빛으로 나를 바라봤다.

B급 최상위 아이템의 경우 거의 5억 원을 호가하고, A급일 경우 부르는 것이 가격일 정도로 고가였기 때문이다.

"아이템을 만져 보면서 너와 상성이 맞는 것을 확인했을 테니 가격 걱정하지 말고 너에게 맞는 것을 골라라. 아이템과의 상성이 아주 중요하니 가격이 높다고 해서 맞지 않는 다른 것을 고르면 안 된다."

"마음이 푸근해지는 것이 이거 같은데……."

유민이가 말한 것은 마지막에 감정한 아이템이었다.

"그래. 그걸로 해라. 네가 마음에 든다면 아주 필요한 것일 테니 말이다."

"고, 고마워요, 오빠."

"고맙습니다, 형님."

두 남매가 조금 전과 같은 표정을 짓는다.

"본성에 맞게 골라왔는데, 마음에 드실지 모르겠습니다."

'유 매니저가 타이밍을 잘 맞추네.'

이번에도 유 매니저가 딱 맞춰 아이템을 준비해 가져와서 멋쩍음을 덜 수 있었다.

이번에 가지고 온 아이템은 모두 다섯 개였다.

담겨 있는 에너지 파장을 보면 하나같이 A급 아이템이다.

'유 매니저도 유민이가 가진 본성의 위험성을 알고 감안해서 가지고 온 모양이군.'

파장이 보여주는 정보를 보니 하나같이 괜찮은 것 같다.

아이템 매니저 일을 즐거워하는데다 이 정도 센스라면 나중에 도움이 될 수도 있을 것 같다는 생각이 들었다.

'나 사질에게 이야기를 해두는 것이 좋겠다. 이 정도 인재라면 충분히 도움이 될 테니까.'

장호와 윤찬이, 그리고 유승호 매니저의 조합이면 지구에 기반을 만드는 것이 훨씬 빨라질 것 같기에 나 사질에게 얘기하기로 했다.

'일단 스페이스에게 감정해 보라고 해야겠군.'

방어 마법의 경우 생존 본능과 관련이 있어 착용자의 느낌이 중요하지만, 본성과 관련된 아이템은 조금 다르다.

본성과 관련된 아이템은 어떤 것이든지 착용자에게 느낌을 주니 말이다.

이때 확인할 것은 에너지 파장의 적합도다.

아이템들이 유혹처럼 흘리는 에너지 파장과 착용자의 몸에서 흘러나오는 에너지 파장이 얼마나 융합할 수 있는지가 제일 중요한 것이다.

"유민아, 하나씩 감정기에 올려놓고 감정을 해봐라."

"예, 오빠."

마음에 드는 느낌이 중요하다는 말 때문인지 유민이가 조심스럽게 아이템을 다루며 감정기에 올려놓았다.

아이템이 하나씩 감정이 되는 동안 나는 감정기에 나타난 내용보다 에너지 파장의 적합도를 중점적으로 살폈다.

'세 번째 것이 유민이에게 가장 맞는 것 같구나. 적합도가 거의 99%나 되니……'

감정하는 것 중에 세 번째 아이템에 담긴 것은 증폭이라는 마법이었다.

에너지나 마법으로 촉발된 형상을 증가시키는 일반적인 증폭이 아니라 유민이의 감성을 증폭시키는 것인데, 일반인에게서 나타나는 적합도를 훨씬 초과하는 것이었다.

"유민아, 어떤 것이 제일 마음에 드니?"

"이거요."

"예쁘구나."

감이 좋은 건지, 유민이도 세 번째 것을 골랐다.

"느낌이 어떤지 나도 한번 보자."

스페이스에게 준비시킨 것을 융합시켜야 되기에 유민이가 고른 아이템들을 가져와 살펴보는 척했다.

— 스페이스, 시작해.

— 예, 마스터.

몇 가지 추가적인 마법과 아공간을 이용한 에너지 수급 장치를 유민아가 고른 팔찌와 목걸이 형태의 아이템에 적용시키는 데는 시간이 얼마 걸리지 않았다.

내가 살피는 척하는 시간 동안 모두 적용이 됐다.

"괜찮은 것 같으니 이제 차봐라."

디자인이 심플하면서도 고급스러운 것이 유민이와 아주 잘 어울린다.

"유 매니저님!"

"말씀하십시오."

"지금 유민이가 착용한 것으로 구매할게요. 계산은 이 카드로 해줘요."

"알겠습니다."

내가 내민 카드는 채널 라인에서 발급하는 VVIP 카드로 중앙 은행과 연결이 되어 있어 계좌에 있는 금액만큼 일시불로 계산이 가능한 것이었다.

"오, 오빠 얼마인지 안 물어봐?"

"가격 같은 것은 알 생각도 하지 말고, 너는 그냥 잘 착용하고 다니기만 하면 된다."

"아, 알았어요, 오빠."

아이템의 가격이 얼마가 될지 몰라도 상관이 없다.

두 개를 합쳐봐야 20억 원이 되지 않을 테니 말이다.

유 매니저가 계산을 마치고 카드를 가져왔다.

"자! 이제 오빠들 선물은 받은 것 같고. 우리도 선물을 줘야 겠지?"

"선물을 주시게요?"

큰 이모의 말에 착용한 아이템들을 살펴보던 유민이가 놀라 물었다.

"그럼. 딸이 성인이 됐는데, 우리도 선물을 줘야지."

"안 주셔도 되는데……."

"유민이가 그렇게 말하면 섭섭해지는데?"

"그. 그럼 주세요."

"호호호! 그래야지. 저기요?"

"말씀하십시오."

이모의 부름에 유 매니저가 대답했다.

"건강과 피부를 케어할 수 있는 아이템은 없나요?"

"물론 있습니다."

"그럼 최고로 좋은 것으로 가져와 보세요."

"잠시만 기다리십시오."

큰 이모가 말한 아이템은 여자들이 무척이나 가지고 싶어 하 는 것이다.

내가 남자라서 미처 생각하지 못한 것을 이모들이 챙겨 주서 서 무척이나 고맙다.

"큰 이모, 고마워요."

"고맙습니다."

"고맙기는! 앞으로 무대에 서면 사람들에게 감동을 주는 노래를 불러주면 된다."

"그럴게요."

얼마 지나지 않아 유 매니저가 반지 형태의 A급 아이템 하나를 가지고 왔다.

체질 개선을 통해 건강과 미용을 챙기는 아이템이었는데, 재벌가의 사모님들이 필수적으로 착용하는 것이었다.

이번에도 아이템을 살피면서 스페이스를 통해 기능을 개선하고 은은한 휘광이 돌도록 했다.

내가 아이템을 살피는 척하는 동안 큰 이모도 채널 라인의 VVIP 카드를 꺼내 계산을 했다.

"이제 네 거니 한번 차봐라."

"예, 큰 이모."

"아주 잘 어울리는구나. 잃어버리지 않도록 조심하고."

"그럴게요."

내가 선물한 것도 그렇지만, 큰 이모가 준 아이템의 가격도 거의 5억 원에 달한다.

고가의 물품이라 잃어버리거나 도난에 주의해야 하지만 유민이는 그럴 필요가 있다.

각인 마법을 통해 유민이만 사용할 수 있을 뿐만 아니라 떨어져 있으면 공간 이동을 통해 곧바로 돌아오도록 만들어 놨으니 말이다.

"이제 선물을 줬으니 쇼핑을 하러 갈까?"

"작은 이모, 쇼핑이요?"

"유민이도 이제 성인이 됐으니 옷도 바꿔야 하고, 구두랑 백 같은 것도 필요할 거다."

"그렇겠네요."

"전 됐어요, 작은 이모. 이렇게 큰 선물을 받았는데……."

"그건 언니가 해준 거고. 나에게도 넌 딸인데, 당연히 유민이에게 선물을 줘야지. 안 그러면 나도 섭섭해한다."

"아, 알았어요, 이모."

"백화점에 가야 하니까 어서 나가자."

이번에는 작은 이모를 따라 채널 라인을 나선 후 백화점으로 갔다.

작은 이모가 우리를 데리고 간 곳은 우리나라에서 가장 큰 백화점이었는데, 일반 매장이 아니라 제일 위층에 있는 VIP 매장으로 우리를 데리고 갔다.

이리저리 돌아다니며 쇼핑을 하지 않는 것은 다행이었지만, 유민이나 윤찬이가 부담스러운 것 같아 한마디 했다.

"네가 가수가 되면 일반적인 쇼핑은 꿈도 꾸지 못하니 이런 곳으로 와야 할 거다. 이런 매장을 경험하는 것도 나쁘지는 않으니 작은 이모가 원하시는 대로 따라 드려라."

"그럴게요, 오빠."

"윤찬이 너는 차원통제사가 되면 이런 곳에 자주 와야 되니 잘 봐둬라. 그때는 네가 유민이에게 사줘야 할 테니까"

"알았어요, 형."

내가 두 사람에게 해준 말이 틀린 말은 아니다.

유민이는 유명한 가수가 될 것이 틀림없고, 윤찬이가 차원통제사가 돼서 벌어들이는 수입은 일반인의 상상을 초월하는 액수이니 말이다.

차원 간 물류를 주선하는 것만으로 차원통제사는 몇 십억 원은 우습게 번다.

"우리 딸이 성인이 돼서 그러니 코디 좀 해줘요."

"예. 사모님."

작은 이모의 말에 매니저들이 공손하게 인사를 하고 조심스러운 손길로 유민을 코디하기 시작했다.

'매장에 들어올 때도 그러더니 친절하군. 이모들을 보고 눈치를 챘거나, 교육을 잘 받았을 것이다.'

얼핏 보면 수수해 보이지만, 이모들이 입고 있는 복장이나 들고 있는 백은 명품보다 한 단계 위의 것들이다.

한정판 명품 같은 것이 아니라 명인이 오직 하나만 만든 수제품이니 말이다.

유민이도 마찬가지다.

입고 있는 행색은 매장에 비해 초라하지만, 아이템들을 보고 함부로 대할 손님이 아니라는 것을 알아차린 것 같다.

유민이의 모습이 바뀌어가기 시작했다.

옷과 구두는 물론이고, 각종 소품들과 액세서리로 코디를 끝내니 평범한 여고생에서 귀한 집 소공녀로 바뀌는 모습에 이모들을 제외하고 다들 입을 벌렸다.

작은 이모가 사준 것은 그것만이 아니었다.

유민이가 입었던 옷가지나 착용했던 소품들 중에 어울리는 것들을 전부 구매했고, 화장품을 비롯해 여자에게 필요한 여러 가지 물품까지 선물해 주었다.

돌아다니지 않아 편하기는 했지만, 선물을 사는데 상당한 시간이 걸렸다.

그렇게 선물을 사고 밖으로 나오자 거의 저녁 시간이 다 되어 있었다.

날이 어두워지기 시작하자 이모들은 당신들이 사시는 집으로 우리를 초대했다.

재미있게도 이모들이 사는 집은 정호영 사장과 불과 5분 거리에 있었다.

집에 도착해 쉬는 동안 이모들은 음식을 만들었고, 맛있는 저녁을 먹을 수 있었다.

그렇게 식사가 끝나고 차를 마시다가 작은 이모가 정호영에게 뜻밖의 제안을 했다.

"정 사장님!"

"말씀하십시오."

"듣자하니 정 사장님 집에 여자라고는 유민이 혼자인 것 같은데, 집도 가까우니 유민이가 이곳에서 살면서 가수로 데뷔하는 것은 어떤가요?"

"으음."

강재문의 일로 인해 쉽게 승낙할 수 없는 것이라 정호영이 신음을 흘렸다.

유민이에게도 좋은 일이고, 이유를 알기에 한마디 하지 않을 수 없었다.

"정 사장님이 걱정하시는 것이 뭔지는 알지만, 이모님들 집에 유민이가 머무는 것이 더 안전할 겁니다."

"그런가요?"

"장담합니다."

"그렇다면 상관없습니다. 로드매니저들과 상의해 일정들을 조정해 보겠습니다."

"사장님은 허락을 하셨으니 됐고, 유민이 네 생각은 어떠니? 우리랑 같이 사는 것 말이다."

"저야 좋기는 하지만, 불편하지 않으시겠어요?"

"불편하기는! 딸이 생겨서 좋기만 한데."

"그럼, 저도 좋아요."

"그래. 그러면 이제부터 함께 사는 거다."

"예, 작은 이모."

"윤찬이도 찬성하는 거고?"

"고마워요, 작은 이모."

"호호호! 오랜만에 우리 집에도 훈기가 돌겠구나."

윤찬이의 찬성에 큰 이모가 크게 웃으며 좋아했다.

"너희들은 내일부터 수련에 들어가야 할 테니 오늘은 여기서 쉬는 것이 좋겠다. 당분간은 유민이 보기 힘들 테고 말이야."

"그렇게 할게요, 큰 이모."

집에 가봐야 특별히 할 것도 없고, 큰 이모 말대로 한동안 볼 수 없을 것 같아 승낙을 했다.

"그럼 저는 이만 가보겠습니다."

파장 분위기를 느낀 것인지 정호영 사장이 말했다.

"그래요. 조심히 들어가고 내일 아침에 오세요. 아침 맛있게 해드릴 테니까."

"감사합니다. 그럼 내일 아침에 뵙겠습니다."

정호영 사장이 인사를 하고 자신의 집으로 갔다.

배웅을 한 작은 이모가 우리가 머물 방을 알려주었다.

정호영 사장이 사는 곳만큼이나 큰 집이었는데, 2층에 손님방이 몇 개나 돼서 우리들이 모두 머물 수 있었다.

다들 씻고 손님방으로 간 사이 나는 큰 이모가 따로 보자는 말씀을 하셨기에 이모들 방으로 가야 했다.

"일러줄 말이 있어서 불렀다."

"무슨 말씀인데요?"

"이번 샴발라로 가는 길에 국정원에서 대거 각성자들을 투입하는 모양이다."

"예전과 같지 않은 규모로군요."

"비전을 익힌 이들에 대한 조사도 전부 A급 각성자들로 구성하고, 호송에 필요한 인원도 몇 배나 늘린 것을 보면 뭔가 문제가 있는 것 같다."

"전처럼 누가 후보자들을 암살하려고 하는 건가요?"

"그건 확실히 모르겠다. 하지만 주의해서는 나쁠 것이 없으니 조심하도록 해라."

"알겠어요, 큰 이모."

"네 실력을 아니 샴발라로 가는 길에는 큰 문제가 없을 것 같고, 유민이는 어떻게 할 생각이냐? 적성검사 결과가 보고가 되었을 테니 빠르면 너희와 함께 갈 수도 있을 테니 말이다."

"그럴 가능성이 커 보여서 어떻게 할지 생각 중이에요."

"지금이야 문제가 없지만, 만약 가게 된다면 우리도 유민이를 보호하기는 힘들 거다. 네가 유민이를 잘 돌봐야 할 텐데 가능하니?"

"그건 걱정하지 마세요. 혹시나 몰라 몇 가지 조치를 취해 놨으니 말이에요."

"아이템만 믿으면 안 된다. 어떤 사태가 벌어질지 모르니 말이다."

내가 아이템에 뭔가 조치를 취했다는 것을 아시다니 역시 이모들이다.

"조심하도록 할게요. 너무 걱정하지 마시고요."

"그래. 네가 어련히 알아서 할 테니 두 번 당부하지는 않으마."

"예, 이모."

"이만 쉬도록 해라."

"이모들도 편히 쉬세요."

이모들 방을 나와 성진이 형이 있는 곳으로 갔다.

"이모님들이 뭐라고 하시냐?"

"유민이가 샴발라에 갈지도 몰라 걱정을 하시더라고."

"별문제 없잖아?"

"국정원에서……."

형에게 이모들에게 들었던 이야기를 해주었다.

"확실히 심상치는 않은 이야기다. 이모님들 말씀대로 조심하는 것이 좋은 것 같다."

"그렇게 하려고 해. 이미 준비도 해놨고 말이야."

"그랬구나. 그래도 어떻게 될지 알 수 없으니 조심하자."

"알았어, 형."

"이제 그만 자자."

"잘 자."

"너도 잘 자라."

내가 불을 끄자 형은 눈을 감고 잠을 청했다.

— 스페이스, 국정원의 움직임 좀 알아봐 줘. 차원 센터도 말이야. 아르고스의 눈을 사용해.

— 알겠습니다, 마스터.

아르고스의 눈의 제어를 스페이스에게 넘겼다.

아무리 국정원이라고 해도 아르고스의 눈을 피할 수는 없을 것이다.

조사는 스페이스가 해줄 것이기에 나도 자리에 누워 잠을 청했다.

"이번 적성검사에서 발견된 대상자는 몇 명이나 되나?"

차원 센터에서 샴발라행을 준비하는 제2국 소속의 윤학준 첩보과장이 이차진 팀장에게 물었다.

"모두 103명입니다."

"생각보다 대상자 수가 많군. 작년의 세 배가 넘는 것 같으니 말이야."

"천재는 하늘이 내린다고 하는데, 올해는 운이 좋은 것 같습니다."

"좋은 일이네. 대한민국을 떠받칠 대들보니까. 그나저나 보고서를 보니까 흥미로운 적성이 있던데, 확인은 했나?"

"확인은 끝났습니다만, 우리 쪽으로 끌어들이는 것은 힘들 것 같습니다."

"문제라도 있나?"

"선화에서 보호를 하고 있는 것 같습니다."

"선화에서 보호를 한다고?"

"그렇습니다. 적성검사를 할 때부터 동행을 했고, 대상자가 선화의 본거지에서 쉬고 있습니다."

"그럼 물 건너갔군. 그럼 다른 대상자들은 어떤가?"

"다른 곳에서 손을 댄 흔적은 찾을 수 없었습니다."

"혹시 모르니 잘 관리하도록 해. 차원통제사가 될 이들은 아니지만, 이 나라를 이끌어 갈 사람들이니 말이야."

"요원들이 붙어 보호 중이니 문제는 없을 겁니다."

"좋아. 하지만 혹시 모르니 만전을 기하도록 하게. 비전을 이은 이들에 대한 준비는 어떻게 됐나?"

"등록을 하는 즉시 모든 것을 파헤칠 수 있도록 준비가 끝났습니다."

"지난날과 같은 일이 일어날지도 모르니 최선을 다하게. 3국 요원들이 참여하고 있기는 하지만 중국 놈들도 바보는 아니니 말이야."

"염려하지 마십시오. 최소한 반수 이상은 저희가 걸러낼 것이고, 설사 빠져나간다 하더라도 3국 요원들이 처리할 겁니다."

"그렇기는 하지만 최악의 상황도 고려하도록. 여차하면 미친 짓을 저지를지도 모르는 놈들이니 말이야."

"혹시 몰라 7국에도 지원 요청을 해두었습니다."

"7국에?"

"국내 임무에는 조금 까칠하지만, 상황이 상황이니만큼 지원을 해주겠다는 연락을 받았습니다."

"다행이군. 그들이 지원을 한다면 문제가 발생한다고 하더라도 금방 해결이 될 테니까."

이차진의 대처에 윤학준은 만족스러운 표정으로 고개를 끄덕였다.

"준비는 끝났으니 측정 장치를 한번 살펴보도록 하지."

"예, 과장님."

비전을 통해 수련하게 되면 기운이 쌓이게 된다.

기나 내공이라 불리는 것으로 대변혁 이전에는 몸 안에 쌓을 수 있는 사람이 극히 드물었지만, 세상이 변하면서 달라졌다.

지구와 관련된 차원들이 통합되면서 세상의 기반이 되는 에너지가 활성화되고 기운을 쌓을 수 있게 된 것이다.

하지만 그런 기운을 가지고 있다고 해서 모두가 차원통제사가 될 수 있는 것은 아니었다.

차원 이동을 할 경우 가지고 있는 기운, 즉 에너지를 해당하는 차원에 맞는 에너지로 얼마나 변형시킬 수 있느냐가 무엇보다 중요하다.

각성을 한다고 해도 에너지 변환률이 낮으면 다른 차원에서 제대로 된 능력을 발휘하지 못하기 때문이다.

비전을 익힌 자가 차원통제사가 되기 위해 등록을 하게 되면 제일 먼저 검사하는 것이 바로 에너지 변환률이다.

2차 각성을 한다고 해도 에너지 변환률은 변동이 없다는 것이 밝혀졌기 때문이다.

윤학준은 검사기기를 가동시키고 자신이 직접 검사를 받아 점검하며 이상 유무를 체크하고는 검사가 시작되기 전까지 아무도 사용하지 못하도록 봉인을 했다.

"검사 장비는 이상이 없는 것 같으니 진행하는 데 문제가 없을 것 같군. 하지만 신청자가 얼마나 올지 모르니 예비 장치를 준비해 두는 것이 좋을 것 같다."

"출고된 그대로 봉인을 해서 열 대를 준비해 놨습니다."

"역시, 일처리가 확실하군."

"감사합니다."

"여기는 이 정도면 된 것 같고. 조사 팀은 어떤가?"

"기존에 파악된 문파들에 대한 정보는 모두 업데이트를 해놨습니다."

"신규 문파에 대한 정보는?"

"그동안 등록을 하지 않고 있다가 이번에 미리 신청한 문파에 대한 조사는 전부 끝났고, 관련된 정보도 전부 업데이트해 두었습니다."

"그만하면 문제가 없겠지만, 미리 신청하지 않은 문파가 나타날 수도 있을 테니 만반의 준비를 해두게. 그리고 혹시나 그곳에서 제자들을 등록시키면 바로 보고하도록 하고."

"알겠습니다. 그런데 이번에 등록을 할까요?"

"아마도 이번에는 등록을 할 것 같다. 그곳에서 수련한 제자들이 이번에 차원정보학과를 졸업할 예정이니 말이야."

"그냥 등록을 해도 될 텐데 차원정보학과로 진학을 했다는 말입니까?"

"워낙 잘 알려지지 않은 곳이지만 문규가 엄하다고 하더군. 실력이 없는 제자들은 세상에 내놓는 것조차 엄히 금하는 곳이기도 하지. 실력은 확실하지만, 차원통제사로 나서는 것은 처음이니까 확실히 하려는 것일 가능성이 높다."

"그렇기도 하겠군요. 다른 차원의 사정을 잘 몰라 개죽음을 맞은 자들이 한둘이 아니니까요."

"그동안 음으로, 양으로 국정원에 도움을 준 사람들이니 잘 살펴보도록 하고, 검사원들에게도 실수하지 않도록 주의를 주어야 할 거다."

"알겠습니다, 과장님."

검사 과정의 전반을 맡은 이차진은 윤학준이 무슨 뜻으로 하는 말인 줄 알기에 고개를 끄덕이며 대답했다.

"이제 밤이 늦었으니 경계조만 남기고 나머지 요원들을 이만 휴식을 취하는 것이 좋겠군. 내일 무척이나 바쁠 테니 말이야."

"요원들도 좋아할 겁니다."

상당한 무력을 갖춘 이들이 등록을 위해 센터에 오는 만큼 등록자가 측정 결과에 대해 시비를 걸 것을 대비해 쉬면서 에너지를 충전하는 것이 좋기에 이차진은 수하들에게 텔레파시를 보내 쉬도록 명했다.

비전을 이은 이들에 대한 등록은 30일간 실시된다.

아침 일찍 일어나 이모들이 차려주는 아침을 먹고 난 뒤 우리들은 윤찬이와 함께 차원 센터로 갔다.

유민이도 따라오고 싶어 했지만, 이모들 집으로 찾아와 같이 아침을 먹은 정호영을 따라가 데뷔 준비를 해야 하기에 따로 움직여야 했다.

이렇게 첫날 가는 것은 차원 센터에 들러 에너지 변환률 검사가 끝나면 합격 여부를 통보하는데, 검사를 늦게 신청해 신분 조사가 다 이루어지지 않으면 보류가 되기 때문이다.

차에서 내리기 전에 나를 장문인으로 대하라고 언질을 주었다.

일반인은 출입조차 되지 않기 때문이다.

"사람들이 많네요, 장문인."

"그러게. 일단 대기 장소로 가자."

첫날이라서 그런지 차원 센터 주변에는 사람들로 붐볐다.

대변혁 이후 비전의 힘을 실제로 발화하게 되면서 숨어 있던 많은 무문들이 세상에 모습을 드러냈기 때문이었다.

문파에 소속된 이들은 같이 모여 있었고, 일인전승으로 이어진 곳은 홀로 서 있는데, 사람들의 시선이 대기 장소로 가는 우리에게로 쏠렸다.

사람들의 주목이 부담스러운지 윤찬이가 나를 본다.

"장문인! 어째서 다들 우리를 쳐다보는 거죠?"

"아마 우리가 차원 센터 등록에 처음으로 참여하는 문파라서 그럴 거다."

"처음 참여해서 저렇게 보는 거라고요?"

"그래. 차원통제사 제도가 만들어지면서 그동안 숨어 있던 많은 문파들이 차원 센터에 등록을 하고 제자들을 추천했다. 거의 대부분의 무문들이 등록을 했지. 우리처럼 새로운 문파가 이렇게 등록하는 것은 보기 드문 일이라 그런 거다."

"저 사람들이 우리가 새로운 문파라는 것은 어떻게 알았는지 모르겠네요?"

"후후후. 자, 봐라. 삼삼오오 모여 있는 이들을 보면 모두 같은 표식을 하고 있는 것이 보일 거다."

"그렇군요."

무기를 통일 하거나, 복장을 통일한 것을 확인한 윤찬이가 고개를 끄덕인다.

"등록된 문파에 대해서는 대부분 저 표식들을 보고 알게 된다. 차원통제사가 되면 다른 문파에 대한 정보를 얻는 것도 필수니 말이다."

"아! 우리가 차고 있는 비갑 때문에 신생 문파인 것을 안 것이군요."

집에서 출발하기 전에 근호 형과 오인방에게 스페이스가 만든 비갑을 주었다.

색깔을 다르지만, 같은 종류의 비갑을 차고 있었기에 저들이 우리를 한 문파로 여기는 것을 윤찬이가 알아차렸다.

"맞다. 등록된 문파들이 사용하는 것도 아니고, 한 번도 본적이 없는 표식을 가지고 있으니 새로운 문파라는 것을 안 거지."

"그렇군요."

"사람들 시선이 어떻든 저기 대기 장소로 가서 등록을 해야 하니, 가자."

"예, 장문인."

차원정보학과에서 기초적으로 배우는 것이라 윤찬이를 제외하고는 궁금해할 것도 없기에 신청서를 받고 있는 대기 장소로 갔다.

"어떻게 오셨습니까?"

"본 문의 문도가 차원통제사가 되기 위해 등록을 하려고 합니다."

"으음, 그렇군요. 여기 신청서를 작성해 주십시오."

우리가 등록된 문파가 아니어서 그런지 접수 담당자가 신청서를 주는데, 눈빛이 예사롭지 않다.

'조심하라고 하더니 접수 담당자도 A급 진성 각성자로군.'

허드렛일이나 마찬가지인 신청서 접수를 A급 진성 각성자가 맡고 있는 것을 보면 이번 샴발라행에 뭔가가 있다는 이모님들 말씀이 맞는 것 같다.

"윤찬아, 어서 신청서를 작성해라."

"예, 장문인."

윤찬이는 내가 가르쳐 준대로 신청서를 작성했다.

앞장에는 문파의 이름과 문주의 이름, 그리고 본 문의 위치를 적고 난 뒤 얼마나 수련을 했는지에 대한 내용이 들어 있었다.

그렇게 주요 내용을 적고, 뒷장에 신청자의 자잘한 신상명세서를 작성했다.

모두 작성한 윤찬이가 자신의 신분증과 함께 접수 담당자에게 신청서를 제출했다.

신청서를 살피던 접수 담당의 인상이 굳어졌다.

신청서와 나를 번갈아 바라보는 것을 보니 아무래도 본 문에 대해 알고 있는 것 같다.

― 마스터, 텔레파시를 보내는 것 같습니다.

― 감청할 수 있겠어?

― 에너지 파장에 대한 확인이 끝난 상태라 충분히 가능합니다.

― 좋아! 그럼 들어보자고.

나 혼자서는 아직 불가능하기에 스페이스의 도움을 받아 접수 담당자의 텔레파시를 감청했다.

접수를 담당하고 있는 사람은 이차진으로 국정원의 제2국 소속의 팀장이었고, 연락을 받은 사람은 첩보과장인 윤학준이었다.

국정원의 국내 파트를 담당하는 제2국에서도 중추라고 할 수 있는 사람들이 나눈 대화 내용은 별거 없었다.

두 사람은 삼환문에 대해 알고 있었고, 이차진은 우리가 등록하러 왔다는 것을 알렸을 뿐이었다.

첩보과장인 윤학준이 정중하게 대하라는 말이 의외였기는 했지만, 윤찬이가 검사하는데 불이익을 받지는 않을 거라는 생각이 들었기에 안심할 수 있었다.

그동안 알게 모르게 대문파의 압력으로 중소문파나 일인전승자들이 피해를 입어 왔지만 국정원에서도 지위가 높은 이들이 검사 과정을 맡은 이상 그런 일은 없을 것이기 때문이다.

'어쩌면 국정원에서 저런 능력자들을 투입한 것을 보면 차원센터의 비리를 캐기 위해서일지도 모르겠군.'

어찌 되었든 윤찬이에게 불이익은 없을 것이기에 이차진의 설명을 기다렸다.

"처음 등록하시는 문파군요. 장문인까지 오시다니 반갑습니다. 저는 국정원에서 파견 나온 이차진이라고 합니다."

"삼환문의 윤성찬입니다."

"처음 등록을 하러 오셨을 테니 설명을 드리겠습니다. 삼환문의 문도인 정윤찬 군의 검사는 접수한 대로 진행이 될 겁니다. 그렇지만 합격여부는 새로 등록하는 문파라서 30일 후에나 연락이 갈 겁니다. 제가 보기에 문파에는 큰 문제가 없을 것 같으니 오늘 검사 결과로 합격 여부가 결정이 될 것 같습니다."

"설명 감사합니다. 그러면 윤찬이가 검사받는 순서는 언제쯤입니까?"

"아시다시피 신생 문파가 등록을 하게 되면 최우선적으로 검사가 시행이 되니 안으로 들어가시면 됩니다."

"알겠습니다. 그럼."

신생 문파의 경우 신원 조사가 겸해져서 순서에 관계없이 먼저 검사를 받도록 되어 있었다.

이런 사실을 이미 경험해 본 문파이거나, 차원정보학과 같은 곳에 배워야만 알 수 있는 것 같은데, 이차진의 말로 봤을 때 내가 차원정보학과에 다닌 것도 알고 있는 것 같다.

윤찬이를 데리고 검사장으로 가니 관심이 없던 문파의 사람들도 우리를 쳐다본다.

먼저 들어가는 것을 보고 신생 문파임을 알아차린 것이다.

차원 센터에 들어가자 안내하는 사람이 나와 있었다.

나이가 들어 보이는 중년의 남자였는데, 아무래도 이차진과 텔레파시를 주고받았던 윤학준 같았다.

"어서 오십시오. 전 윤학준이라고 합니다. 이번 검사를 총괄하고 있습니다. 검사 당사자는 저기로 들어가시면 되고, 문파에서 같이 오신 분들은 이곳에서 대기하시면 됩니다."

"고맙습니다."

"사무실로 가서 차라도 한 잔 대접해 드리고 싶지만, 검사 기간 내에서는 진행 요원을 제외하고는 출입이 금지되어 있으니 양해를 부탁드립니다. 삼환문주님."

"아닙니다. 정해진 규정이니 따라야지요."

우리 일행은 윤학준이 가리키는 곳에 놓여 있는 대기 의자에 가서 앉았다.

윤학준도 우리를 따라와 내 옆에 앉았다.

제 9 장

옆자리에 앉은 윤학준이 잠시 머뭇거리더니 조심스러운 표정으로 입을 열었다.

　"검사 시간은 30분 정도 걸릴 겁니다. 그나저나 삼환문의 문도가 이번에 등록을 하다니 놀랍습니다."

　"본 문을 아십니까?"

　"예, 잘 알고 있습니다. 문파의 비기들도 수준급이고, 제자들의 능력도 뛰어나다고 들었습니다. 그런데……."

　"궁금한 것이 계십니까?"

　"삼환문의 문주님께서는 나이가 지긋하신 분이라고 들어서 말입니다."

국정원에서도 스승님께서 돌아가신 것을 모르는 모양이다.

하긴, 장례를 치르기는 했지만, 스승님의 유해는 송지암에 모셨으니 모를 수도 있을 것이다.

"지병 때문에 스승님께서 돌아가신 후 미력하나마 제가 문주를 맡게 되었습니다."

"이런! 죄송합니다."

"아닙니다. 문도들을 제외하고는 알리지 않아 모르셨을 겁니다."

"으음, 그러셨군요. 그런데 이번에 한 분만 등록을 하시는 겁니까?"

"아닙니다. 윤찬이가 항렬이 높아서 먼저 검사를 받고, 다음 대 제자들은 마지막에 등록을 하게 할 생각입니다."

"다른 제자들도 등록을 하러 오신다는 말씀입니까?"

윤학준이 꽤나 놀란 표정을 지으면 묻는다.

아마도 삼환문을 문도가 거의 없다는 것을 알고 있기에 그런 것 같다.

"그렇습니다."

"마지막 날에 문도들이 등록을 하러 오신다니 실수하지 않도록 미리 준비를 시켜놓겠습니다."

"하하하! 신생 문파인데도 이렇게 호의를 베풀어 주서서 감사드립니다."

"아닙니다, 제가 해야 할 일인데요. 저는 일이 많아서 이만 일어나야 할 것 같습니다. 검사가 끝날 때까지 이곳에서 기다리시면 됩니다."

"이렇게 시간을 내서 설명해 주신 것만도 감사합니다. 바쁘실 텐데 어서 가십시오."

"그럼!"

윤학준은 고개를 깊게 숙여 나에게 인사한 후 곧바로 자리를 떴다.

서두르는 폼이 마음이 급한 모양이다.

'후후후! 조사해도 별거 나오는 것이 없을 텐데……'

윤찬이가 쓴 신청서의 내용과 여기저기 달려 있는 CCTV에 찍힌 화면을 가지고 내 신원과 삼환문에 대해 조사를 시작할 것이다.

하지만 별로 걱정되지는 않는다.

지금까지 차원 센터에 등록을 하지는 않았지만, 이런저런 경로를 통해서 본 문과 스승님에 대해서 알려져 있을 테니 말이다.

스승님의 경우 이름이 알려지는 것을 원하지 않으셨지만 , 삼환문이 홀대받는 것은 싫어하셔서 몇몇 대문파의 장문인과 교류했으니 확인이 될 것이다.

무엇보다 삼환문을 배경으로 스승님으로 통해 특수 부대에 들어갔고, 중간에 스승님의 권유로 위기 대응 센터에서 들어가 일을 했으니 신원에는 문제가 없을 테니 말이다.

"성찬아! 상당한 실력자 같은데, 괜찮은 거냐?"

"괜찮아, 성진이 형."

"그렇다면 다행이다. 아무래도 그쪽에 있는 사람들 같은데 말이다."

"후후후, 비록 등록을 하지는 않았지만, 본 문이 무시당할 정 도는 아니니까 염려하지 않아도 돼."

"알았다. 본 문이 호락호락한 곳은 아니니까."

성진이 형과의 대화를 마치고 자리에 앉아 윤찬이가 나오기 를 기다렸다.

— 스페이스.

— 예, 마스터.

— 국정원이 저 자세로 나오는 이유를 한 번 알아봐. 첩보과 장이나 되는 자가 이러는 것을 보면 뭔가 있을 것 같으니까 말 이야.

— 국정원이라면 자세한 정보는 얻기 힘들 겁니다.

— 나도 알지만 알아낼 수 있는 데까지만 알아봐. 주변 상황 도 좀 살펴보도록 하고.

— 예, 마스터.

스페이스를 통해 에너지 윤찬이의 변환률은 이미 시험을 해

봤기에 사실 떨어질 염려는 없다.

그것보다 궁금한 것은 국정원에서 삼환문에 대해 생각보다 많이 알고 있고, 아주 정중한 태도로 나를 대한 이유였기에 스페이스에게 알아보도록 지시했다.

아르고스를 사용해도 뚫지 못하는 곳이 있을 만큼 국정원이 보안이 튼튼하기는 하지만 알아보다 보면 뭔가 건지지 않을까 해서 내린 지시였다.

'이제 나오는군.'

30분이 조금 넘자 검사를 받으러 들어간 윤찬이가 결과지를 들고 검사장을 나왔다.

"어떻게 됐냐?"

"97%가 넘었어요, 장문인."

생각보다 높은 수치다.

변환되지 않고 남은 수치는 전투 슈트를 유지하는 에너지양일 테니 전부 변환한 것이나 마찬가지다.

"다행이다. 합격이 확실하니 30일 후에는 통보가 오겠구나. 축하한다, 윤찬아."

"이제 수련할 일만 남았네요, 장문인."

"샴발라로 갈 날이 머지않았으니 최선을 다해야 할 거다."

"걱정하지 마세요."

윤찬이를 사인방과 같은 항렬로 두어야 하기에 윤찬이를 먼저 검사를 진행했다.

먼저 검사를 하기는 했지만 그에 맞는 실력을 갖추기 위해서는 오직 수련밖에 없다는 것을 윤찬이도 잘 알고 있는 것 같다.

이제 볼 일은 다 봤기에 곧장 집으로 갔다.

이제부터는 비밀 기지로 들어가 수련을 하는 일만 남았다.

윤찬이의 합격 통보를 수령하는 것은 현화를 통해서 하면 되니 나도 마지막으로 가다듬을 생각이다.

◈   ◈   ◈

성찬과 대화를 마치고 사무실로 돌아온 윤학준은 고민에 빠지지 않을 수 없었다.

삼환문의 문도가 그리 많지 않다고 들었기 때문이었다.

"후우, 골치 아프군. 그동안 조사해 놓은 것이 무용지물이니 말이야. 그래도 기존 정보와 다르니 새로 조사해야 할 거다. 들어온 첩보에 따르면 중국에서 이번 샴발라행에 뭔가 음모를 꾸미는 것 같으니 말이야."

음모가 있다는 첩보만 들어왔을 뿐, 구체적인 계획은 알아내지 못했기에 의심이 가는 부분에 대해서는 전부 조사를 해야 했다.

위기 대응 센터를 통해 국정원에 협력해 주었던 삼환문이라

할지라도 예외는 아니었기에 윤학준은 전화기를 스킨 패널을 열었다.

─ 부르셨습니까?

─ 정보는 이미 갔을 테니 삼환문에 대해서 전부 조사하도록 해라.

─ 전부 말입니까?

─ 그래, 전부.

─ 알겠습니다.

윤학준은 지시를 내린 후 스킨 패널을 닫았다.

조사를 지시했으니 자신에게 삼환문에 대해 당부를 한 사람에게 보고해야 했다.

"찾아봬야겠군."

스킨 패널로 간단하게 보고할 사항이 아니기에 윤학준은 자리에서 일어나 사무실을 나섰다.

"과장님! 어디 가십니까?"

검사장 밖을 나서자 접수처에 있던 이차진이 윤학준을 불렀다.

"그래. 잠시 다녀올 데가 있으니 이 팀장이 검사를 총괄하도록 해."

"알겠습니다."

어디로 가는지 눈치챈 이차진은 더 이상 묻지 않았다.

윤학준은 이차진과 대화를 끝낸 후 자신의 차를 몰고 국정원으로 향했다.

삼환문에 대한 보고는 최우선적으로 원장에게 하게 되어 있기 때문이다.

차를 몰아 국정원에 도착한 윤학준은 곧바로 원장실로 올라갔다.

"어서 오십시오, 과장님."

"원장님 계신가?"

"안에 계십니다. 들어가 보십시오."

"고맙네."

윤학준은 비서가 열어준 문을 통해 원장실로 들어갔다.

"무슨 일인가, 윤 과장? 지금 이 시간이면 차원 센터 검사장에 있어야 하지 않나?"

"말씀하신 문파에서 문도를 등록하러 와서 보고 드리기 위해 왔습니다."

"으음, 자리에 앉게."

강상진의 권유에 윤학준이 소파에 앉았다.

"정말 삼환문에서 문도를 등록하러 온 건가?"

"그렇습니다. 잠시 홀로그램을 켜도 되겠습니까?"

"그러게."

강상진의 허락을 받은 윤학준은 스킨 패널을 열어 탁자 위로 홀로그램을 투사했다.

그가 성찬을 만나면서부터 시작이 되어 헤어질 때까지의 모든 과정이 홀로그램으로 재생되었다.

"삼환문도로서 위기 대응 센터에 일한 자가 맡는 것 같군. 그 옆에 호위하듯 서 있는 자도 마찬가지고."

"삼환문이 맞군요."

"하지만 의문이군, 다른 제자를 등록시키는 것도 그렇고, 앞으로 등록을 시킬 제자도 있다고 하니 의문이야. 내가 알기로 삼환문의 제자들은 저들 둘뿐인데 말이야. 조사는 진행하고 있는 건가?"

"원장님이 주신 정보와 달라서 이곳으로 오기 전에 이미 지시해 두었습니다."

"조사를 한다고 해도 많은 정보를 얻지는 못할 걸세. 삼환문이 작전에 협력한 후 제7국에서 조사를 했는데도 거의 밝혀진 것이 없는 문파니 말이야."

"제7국에서도 제대로 알아내지 못했다는 말입니까?"

"내가 알기로는 그러네. 하지만 삼환문에 대한 정보는 4년 전 것이 마지막이니 그사이 문도를 받아들였을 수도 있네."

"그럴 수도 있겠습니다."

"그럴 확률도 있지만 내가 듣기로는 어려운 일이네. 삼환문의 비전은 다른 곳과는 달리 마음공부를 통해 능력을 발휘하는 것이라 전승하기가 쉽지 않는 곳이라고 했으니까."

"그렇습니까?"

"천재가 아니라면 비전을 잇기가 거의 불가능하다고 들었네. 삼환문에 대한 조사가 쉽지는 않겠지만, 최대한 많이 알아내도록 하게. 어쩌면 이번 첩보와 관련이 있을지도 모르니 말이야."

"알겠습니다, 원장님."

"그럼 이만 가보게."

보고가 끝났음을 깨달은 윤학준은 자리에서 일어나 인사하고 원장실을 나섰다.

윤학준이 나가자 강상진은 스킨 패널을 열었다.

― 무슨 일인가?

― 삼환문의 문도가 차원 센터에 등록을 했네.

― 그 녀석들이겠군.

― 아니네. 등록한 자는 다른 문도였네. 자네가 보내준 정보의 두 사람은 같이 오기만 했고 말이야. 그리고 마지막 날에는 다른 문도들이 등록할 거라고 했네.

― 으음, 그사이 문도들을 받아들였다고 해도 차원 센터에 등록을 할 정도로 성취를 얻기가 불가능할 텐데, 이상하군. 정말 그 녀석들이 맞던가?

― 자네가 전해준 정보와 일치하네.

― 알았네. 나도 알아보도록 하지.

─ 알아보는 것도 그렇지만, 만약을 대비해 자네 소속 요원들을 좀 보내주게.

─ 중국 쪽에서 날아온 첩보 때문에 그런가?

─ 대비를 해두기는 했지만, 아직 음모의 실체가 파악되지 않아서 그러네.

─ 아직까지 파악하지 못했다면 문제가 크군. 알았네. 오성을 보내도록 하지.

─ 오성을 보내도 괜찮나?

─ 브리턴에서 임무를 마치고 사흘 전에 돌아왔는데, 다들 몸이 근질거리는가 보더라고.

─ 고맙네.

─ 고맙기는! 뭔가 나오는 것이 있으면 연락을 주게.

─ 알았네.

통신을 끝낸 강상진은 스킨 패널을 닫았다.

'자네가 나에게도 뭔가를 감추고 있다는 것을 알지만, 제발 내가 생각하는 것만 아니기를 비네.'

대차원을 담당하는 제7국의 수장인 김민호가 삼환문과 모종의 연관이 있다는 것을 알고 있는 강상진이었다.

차원 연합의 승인을 받아 창설된 것이 제7국이다. 비록 국정원에 소속되어 있지만, 하는 일에 대해서는 간섭할 권한이 강상진에게는 전혀 없었다.

어쩔 수 없이 지금은 지켜보고 있기는 하지만 강상진은 오랜 친구인 김민호가 대한민국의 국익에 반하는 일은 저지르지 않기만을 바랐다.

❖　　　❖　　　❖

비밀 기지로 돌아와 한동안 수련에 매진했다.

우리가 없는 동안 현화가 세심하게 신경을 써주어서인지 정신과 영혼을 에고로 만들기 위해 납치되었던 이들의 수련도 그동안 차질 없이 진행이 되었다.

모니터로 지켜보니 내가 수련하는 동안 정말 빡세게 수련을 시킨 것인지, 성취 속도가 빠르다.

'상당하군.'

그저 빠른 정도가 아니다.

아주 짧은 기간이었는데, 본 문의 심법과 무예를 성취한 정도가 형과 내가 스승님에게 수련을 받고 세상에 나왔을 때 정도 되는 것 같다.

'불행한 일이었지만 어떻게 보면 전화위복이라고 할 수도 있으니…….'

대류천안의 의도에 따라 납치되어 에고화가 진행되어 스스로의 의지를 가질 수 없을 뻔했던 사람들이다.

스페이스와 내가 손을 써 에고화를 중단시키면서 정신과 영혼, 그리고 에고가 공존하게 만들었다.

영혼에 금이 가기는 했지만, 심법을 배워 흔들리는 균열을 바로잡아 삼환명심법을 대성한 것이나 마찬가지인 상태였기 때문에 저런 성취를 얻는 것이 가능했을 것이다.

삼환명심법이 다른 격의 의지를 생성하는 것을 기반으로 하는 마음의 공부다.

삼환명심법을 수련해 다른 격의 의지가 만들게 되면 서양에서 말하는 스피릿 에너지를 사용할 수 있게 된다.

저 사람들은 삼환명심법을 본격적으로 수련하면서 스피릿 에너지가 충만한 상태가 됐다.

본 문의 기초 무예를 완성해 외부로 발출할 수 있는 방법만 알게 되면 언제든지 사용할 수 있는 것이다.

'이제 문제는 없겠지만 다음 단계로 넘어서지 못한다는 것이 아쉽다. 정신과 영혼이 마법에 의해 강제되면서 일부나마 금이 갔으니까. 그래도 상관은 없겠지.'

성취 속도가 상상을 초월할 정도로 빠르기는 하지만 문제가 없는 것은 아니다.

본인들의 의지로 삼환명심법을 수련한 것이 아니라 금이 간 정신과 영혼을 붙잡기 위해서 어쩔 수 없이 수련을 했기 때문에 다음 단계인 삼환제령인으로 넘어가지 못하니 말이다.

본래의 의지를 통해 새롭게 다른 격의 의지를 불러내 삼단전에 자리 잡은 것이 아니기 때문이다.

'그래도 상관은 없겠지. 최소한 A급 진성 능력자로 각성할 수 있을 것이고, 저들의 본성은 차원통제사와는 거의 상관이 없는 것들이니까.'

장인석이 납치한 이들은 전부 유민이와 같은 유형이다.

사회 문화적인 특별한 본성을 지닌 사람들로 세상 사람들이 천재적인 재능을 타고났다고 말하는 이들인 것이다.

우리 같이 차원정보학과를 졸업하거나, 비전을 익혀 차원통제사가 되기 위해 가는 것이 아니기에 저들은 다른 경로로 샴발라로 가게 될 것이다.

앞으로 대한민국을 이끌어 나갈 인재들로 만들기 위해 샴발라로 보내 각성시키는 경로로 말이다.

하지만 어느 정도 스피릿 에너지를 다룰 수 있게 되었으니 샴발라에서 각성을 하게 되면 정부의 의도와는 달리 차원통제사가 될 것이다.

저들이 차원통제사가 되면 볼 만할 것이다.

저 사람들의 명단이 어떻게 대륙천안에 유출이 된 것인지는 모르지만, 음모를 꾸미고 있는 대륙천안이나 정보를 준 누군가가 혼란에 빠질 테니 말이다.

'조만간 초청장이 오면 확실해지겠지.'

적성검사에서 특별한 본성을 가진 것으로 나타난 사람들은 정호영처럼 정부의 초청을 받고 샴발라로 가서 자신의 본성을 개화하는 각성을 하게 된다.

초청장은 적성검사를 받는 순간부터 조사가 진행된 후 비전을 익힌 이들의 검사가 끝나기 하루 전에 발송된다.

샴발라로 가기 위해 차원 센터로 모이라는 초청장이다.

2차 각성을 하게 되는 것이니 초청을 거절하는 사람은 하나도 없다.

'그 사람도 혼란스럽겠군.'

초청을 받고 가게 되면 다들 삼환문도로 등록이 될 테니 이번 각성행을 총괄하는 국정원의 윤학준은 당혹스러울 것이다.

'하지만 상관없겠지.'

국가의 인재들이 될 사람들이 전부 삼환문 소속이라는 것이 믿을 수 없을 테지만, 이미 본 문에 대한 조사를 끝냈을 상황이니 제지는 하지 못할 것이다.

'이번에 적성검사를 받은 유민이는 어떨지 모르겠지만, 초청장을 받는다면 손을 써야겠다.'

확실한 것은 아니지만 워낙 특별한 본성이니 유민이도 초청을 받을 확률이 높다.

위험한 일에 휘말리게 하고 싶지 않아서 유민이를 삼환문도로 끌어들이지 않았지만 초청장이 받게 된다면 손을 써야 할 것 같다.

아티팩트를 마련해 준 것만으로 유민이의 안전을 보장할 수 없을 테니 말이다.

"뭘 그렇게 보고 있어?"

"내가 예상했던 것보다 성취 속도가 빨라서 보고 있었어."

"그렇기는 해. 그런데 문제가 없을까?"

S급 진성 능력자로서 삼환명심법을 넘어 삼환제령인의 2단계에 다다른 현화로서도 저들의 상태를 잘 아니 걱정이 되지 않을 수 없을 것이다.

"차원통제사가 되겠지만, 크게 걱정할 필요는 없을 거야. 본문의 기초 절기를 모두 익힌 것 같아 전투 슈트와 스킨 패널을 지급할 거니까 말이야."

"전투 슈트에 장착된 에고를 통해 제어할 수 있도록 할 생각이구나."

"맞아."

"정신과 영혼에 금이 간 상태에서 에고화되는 것이 멈춘 상태라 확실한 에고만 있다면 문제가 없겠네."

"그나저나 뭐 나온 거 없었어?"

"언제나 마찬가지야. 저 사람들 명단이 어떻게 유출이 돼서 대류천안으로 넘어갔는지 전혀 확인되지가 않아."

"역시 국정원이로군. 명단은 분명 그곳에서 유출이 됐을 텐데 말이야."

차원 센터에서 국정원의 첩보과장인 윤학준이 저 자세로 나오는 이유도 그렇고, 기지로 온 후에 적성검사자의 명단이 어떻게 유출됐는지 스페이스에게 확인을 부탁했는데도 아무것도 알수가 없었다.

내 의식의 통제 권한을 일부 넘기고 아르고스를 사용했는데도 국정원의 보안 장벽을 뚫지 못한 것이다.

현화에게도 부탁해 해결사를 동원해 정보를 수집했는데도 마찬가지인 것을 보면 역시 국정원이지 싶다.

"더 조사해 볼게."

"아니, 이제 조사하는 것은 그만둬. 자칫 꼬리를 밟힐 우려가 있으니까 말이야."

"알았어."

"그나저나 저 사람들의 행적을 조작하는 것은 어떻게 됐어?"

"적성검사 전부터 삼환문과 인연이 닿고 있었다는 흔적들은 모두 만들어놨어."

"국정원에 걸리지는 않겠어?"

"해결사들을 우습게 보지 마. 어렸을 때부터 두각을 나타낸 이들이라 인연이 있는 해결사들과 연결시켜 흔적을 만들어두었으니까 말이야."

"으음, 그렇게 되면 조직이 드러날 텐데 괜찮겠어?"

"그동안 의뢰를 받아 활동해 왔으니 국정원도 어느 정도는 우리 조직에 대해서 윤곽을 잡았을 거야. 이 기회에 자연스럽게 모습을 드러내는 것도 나쁘지는 않아."

"으음."

"뭘 그렇게 걱정해. 감출 수도 있었지만, 모습을 드러낸 건 삼환문이 힘이 있다는 것을 다른 문파에 보여줄 수 있어서야. 그래야 집적거리는 놈들도 없을 테니까."

"그렇기는 하겠군."

현화 휘하의 해결사들이 그동안 국정원의 의뢰로 여러 가지 일들을 해왔으니 누군가 조직적으로 해결사들을 움직인다는 것도 국정원도 윤곽을 잡았을 것이다.

윤찬이를 비롯해 저 사람들이 등록을 하게 되었으니 다른 문파에서 견제해 올 것이 뻔하다.

하지만 상당한 수의 해결사들이 삼환문에 소속되어 있다는 것을 알게 되면 무리수는 두지 않을 것이기에 나쁘지는 않은 일이다.

"그나저나 이제 연락이 올 텐데, 나가봐야 하지 않아?"

"그렇기는 하지만, 다른 사람들은?"

"초청장이 올 것에 대비해 해결사들이 준비를 하고 있는 중이야."

"그럼 나도 나가봐야겠군."

한참 데뷔 준비를 하고 있을 유민이가 초청을 받을 수 있기에 이모들 집으로 가야 한다.

초청장이 온다면 데뷔 일정도 늦추고, 샴발라에 가서 각성할 것에 대비해 준비를 해야 하니 말이다.

"그래. 이모님들 집에 가볼 생각이구나. 갔다가 와. 여기도 준비한 대로 움직일 테니까 말이야."

"그래, 수고해 줘."

곧바로 마법진을 생성하고 공간 이동을 통해 집으로 갔다.

초청을 받은 것이 확인된 사람들은 수련하면서 내가 만들어 둔 마법진을 통해 송지암으로 공간 이동을 하게 될 것이다.

송지암에 공간 이동으로 이동을 시킨 후 그곳에서 내려와 버스를 타고 차원 센터로 가는 것으로 일정을 잡았다.

송지암에서부터 출발하도록 한 것은 저 사람들이 삼화문도로서 수련했다는 흔적을 남기기 위해서다.

"철저하게 준비를 했지만 각성하기 전까지는 최대한 조심을 해야 한다. 아직 알아차리지는 못한 것 같지만 그래도 국정원이니까. 일단 이모들 집으로 가보자."

집을 나와 이모들이 사는 곳으로 갔다.

저녁 식사를 할 때가 훨씬 지난 시간이라 유민이가 집에 있을 것이다.

그랜즈를 몰고 이모 집으로 가서 인터폰을 누르니 반갑게 맞아 주신다.

― 성찬이구나. 그렇지 않아도 기다리고 있었다. 어서 들어와라.

"예, 이모."

대문이 문이 열리고 정원을 지나 집 안으로 들어갔다.

응접실 소파에는 두 분 이모와 정호영 사장, 그리고 유민이가 앉아 있었다.

"성찬아, 차를 타려고 하는데 뭐 먹을래?"

"녹차로 주세요."

"알았어. 저기 앉아 있어."

"예, 작은 이모."

작은 이모가 차를 타러 주방으로 가는 모습을 보면서 소파로 가서 앉았다.

"오빠 왔어?"

"그래."

"으음, 이건!"

'역시 초청이 됐구나.'

탁자 위에 놓여 있는 초청장을 통해 유민이가 이번에 각성자로 초청이 된 것을 확인할 수 있었다.

"차원 센터에서 초청장이 왔어, 오빠."

"혹시나 올지도 모른다고 생각했는데……."

초청장의 내용은 별거 없었다.

유민이의 이름과 언제 차원 센터로 오라는 내용이 다였다.

내가 왔음에도 고개를 숙여 인사를 한 것 이외에는 아무 말도 하지 않고 앉아 있는 정호영 사장에게 시선을 돌렸다.

'이번 각성행에 초청돼서 좋기는 하지만 데뷔가 늦어질 테니 불안한가 보군.'

정호영 사장의 얼굴이 펴질 줄은 몰랐다.

전혀 예정에 없던 일이라 당혹스러운 것 같다.

작은 이모가 차를 내와 탁자에 놓자 뭔가 결심을 굳힌 것인지 정호영이 입을 열었다.

"유민이 너는 어떻게 할 생각이냐? 데뷔 일정이 늦어지더라도 나는 네가 샴발라로 갔으면 하는데 말이다."

"대표님, 괜찮으시겠어요?"

"나는 괜찮다. 그 무엇보다 네가 우선이니까."

자신의 것을 빼앗은 사촌 동생에게 하루 빨리 응징을 하고 싶을 텐데도 참고 유민이를 우선하는 것을 보니 괜찮은 사람이다.

"저는 각성을 하고 싶어요. 제가 느끼는 감정이나 노래의 감정을 사람들에게 잘 전달하고 싶으니까요."

"그래. 알았다. 일정을 조정하도록 하마. 사실 데뷔가 급한 감이 없지 않았다. 네가 돌아오기 전까지 최선을 다해 준비해 둘 테니 이곳 일은 걱정하지 말고."

"고마워요, 대표님."

"고맙기는! 내 노래를 사람들에게 더 잘 알려줄 텐데, 내가 더 고맙지."

유민이의 입장을 생각해 주는 것을 보며 고개를 끄덕이다가 작은 이모가 나를 보고 있는 것이 느껴졌다.

"성찬아! 유민이가 샴발라로 초청을 받았는데, 어떻게 할 거니?"

"유민이가 가기로 결정을 했으니 샴발라로 가야죠. 얻기 힘든 기회이니까요."

"내 말은……."

"걱정하지 마세요. 유민이가 위험할 일은 없을 테니까요."

"네가 그렇게 말하는 것을 보니 생각해 둔 것이 있는 모양이구나."

"예, 작은 이모."

"알았다. 지난 한 달 동안 유민이가 있어 좋았는데, 한동안 보지 못할 것을 생각하니 기운이 빠지는구나."

"걱정하지 마세요. 각성이 끝나고 나면 다시 돌아올 텐데요, 작은 이모."

"그래도……."

"이모오!! 제가 각성하고 나면 제일 먼저 노래를 불러드릴 테니 너무 서운해하지 마세요."

유민이가 옆에 작은 이모의 팔을 붙잡고 애교를 떤다.

"호호호! 알았다. 그나저나 윤찬이도 내일 통보가 갈 텐데 어떨 것 같니?"

"그것도 걱정하지 마세요."

스승님과 인연을 맺고 있는 대문파의 수장들이 증언을 할 테고 나와 형이 활동한 것으로 인해 삼환문에 대해서는 어느 정도 파악을 하고 있을 테니 문파에 대한 조사는 별다를 것이 없을 것이다.

4년 전 내가 중국에서 돌아와 결계를 친 이후 송지암 내부를 관찰할 수 없었을 테니 그다지 알아낸 것이 없을 테지만, 그것도 걱정하지 않는다.

스승님께 해를 입힌 자들 때문에 비전으로 전해오는 대결계를 치고 문파의 힘을 길러왔다고 하면 그만이니 말이다.

문도들이 늘어난 것도 그것 핑계로 댈 생각이다.

스승의 복수하기 위해 삼환문이 힘을 길러왔고, 이제 나설 때가 되어 세상으로 나왔다고 말이다.

최 사형의 말씀대로라면 스승님의 습격에 관여한 놈들은 장천이 이끄는 흑사단과 일본의 대본영, 그리고 미국의 능력자들이다.

이번에 샴발라로 삼환문도로 가는 규모 정도의 전력을 구축해야 일부나마 비벼볼 수 있는 놈들이니 어느 정도 수긍을 할 것이다.

문제는 이 정도 규모의 전력을 양성할 수 있는 자금이다.

차원통제사가 될 인재들을 양성하는데 엄청난 자금이 들어가는 만큼 자금 출처에 대해 의심을 할 텐데, 그것은 샴발라에서 각성한 이후에 다른 것으로 해명을 할 생각이다.

"그래라. 혹시 도움이 필요하면 꼭 말하고."

"그럴게요."

큰 이모가 도와주실 생각이신 것 같지만 정말 준비가 끝난 상태다.

걱정해 주시는 것은 고맙지만, 두 분 이모를 내 일에 끌어들이고 싶지는 않다.

각성자인 이모들 하시고 계신 일이 세상에 알려져서는 안 되기 때문이다.

— 스페이스, 이모들 주변은 문제가 없지?

— 지금까지 위험한 조짐은 확인되지 않고 있습니다.

— 내가 샴발라로 간 뒤에도 문제는 없겠지?

— 최악의 상황까지 염두에 두고 대비를 해놨습니다. 제 분신을 남겨 놓을 테니 문제는 없을 겁니다.

— 그래. 혹시 모르니 다시 한 번 체크를 해줘.

— 예, 마스터.

죄송한 일이지만 두 분이 진성 각성자라는 것을 알고 스페이스를 통해 조사를 했었다.

두 분 이모가 무엇을 위해 사시는지 모르지 않기에 도움을 요청할 수는 없다.

두 분이 하시는 일은 아주 특별하다.

다른 대차원과 연결된 게이트가 발생하면 특별한 마법진을 이용해 게이트의 방향을 바꾸고, 지구 대차원의 기반이 되는 에너지를 보내는 일을 하신다.

지구 대차원에서 다른 대차원으로 에너지를 보내는 것이 어떤 의미인지 모르면서도 아버지와 큰 아버지의 부탁이라 그 일에 목숨을 걸고 계신다.

어떤 인연으로 아버지와 큰 아버지가 부탁한 일을 아무도 모르게 하시는지 모르지만 지금도 전력을 다하고 계신다는 것을 알기에 나까지 신세를 질 수는 없다.

'각성하고 돌아오면 여쭤볼 겁니다. 그리고 조심하세요.'

나에게 비밀로 하시고 싶어 하는 것 같기에 한 번도 물어보지 않았다.

그동안 말씀하시는 것이나 나를 대하던 것을 보면 내가 각성한 이후에나 그 이유를 들을 수 있을 것 같아서다.

아버지와 큰 아버지의 부탁으로 움직이시는 것이라 모른 척해야 하기에 직접 도와드릴 수는 없었다.

스페이스를 통해 위험에 빠지지 않도록 도와드리는 것이 내가 할 수 있는 일의 전부라는 것이 아쉬울 뿐이다.

내가 말없이 생각에 잠겨서인지 큰 이모가 묘한 표정으로 나를 바라본다.

"하실 말씀 있으세요?"

"너희들은 언제 차원 센터에 갈 거니?"

"합격 통보가 오면 윤찬이와 같이 갈 생각이에요. 유민이는 내일 가서 확인을 받아야 하니 제가 같이 갈게요."

"모레는 차원 센터에 다 함께 가겠구나."

"그래야 할 거예요."

"그러면 내일은 다들 우리 집으로 오도록 해라. 멀리 길을 떠나는데 밥이라도 먹여 보내게."

"그렇게 할게요. 그럼 저는 집으로 갔다가 내일 아침 일찍 올게요."

"여기서 자지 않고?"

"집을 오래 비워야 하니 정리를 좀 해두려고요."

"그래, 그러면 내일 아침 일찍 오도록 해라."

"예."

이모들에게 인사를 하고 집을 나섰다.

집으로 간 것은 짐을 정리하기 위해서가 아니다.

지금 세계 대부분의 나라가 샴발라행을 준비하고 있다.

모든 시선이 각국의 차원 센터에 쏠리는 시기에 만약을 대비하기 위해서다.

집으로 돌아와 필요한 것들을 아공간에 챙긴 후 비밀 기지 경계선 밖으로 공간 이동을 했다.

곧바로 비밀 기지가 있는 계곡으로 이동을 한 후 아공간에서 애마인 비공기를 꺼냈다.

'위성이나 탐지 장치로는 파악할 수 없는 곳이니 여기면 적당할 것이다.'

퇴각로를 확보하기 위해 비공기를 타고 샴발라가 있을 것으로 추정되는 곳 근처로 갈 것이다.

그곳에 비공정을 비롯해 그동안 준비해 온 장치들을 감춰둘 생각이다.

그동안 준비해 둔 것들이라면 최악의 상황이 발생한다고 하더라도 문도들을 무사히 빼낼 수 있을 것이다.

"초청장은 모두 수령한 건가?"

"본인이 직접 받지 않은 이들이 제법 되지만 모두 전달됐습니다, 과장님."

"내일은 바빠질지도 모르겠군."

"합격 통보서는 이미 작성이 돼서 발송만 하면 되니 그리 바

뺄 것은 없을 겁니다, 과장님. 삼환문에서 사람을 더 보낸다고
해도 몇 명 되지 않을 겁니다."

"그렇기는 하지만……."

이차진 팀장의 대답에도 내일 뭔가 일어날 것 같다는 생각이
가시지를 않았다.

'쓸데없는 것에 신경을 썼군.'

삼환문 말고도 신경을 쓸 것이 많기에 윤학준은 생각을 접었
다.

"정윤찬도 합격 통보를 보낸 건가?"

"예. 지금까지 파악된 삼환문의 정보로는 아무 이상이 없었
기에 통보를 했습니다."

"그렇군. 하지만 만약의 사태에 대비는 해야 할 거야. 호송조
에게 최대한 신경을 쓰도록 지시를 하게."

"알겠습니다."

이차진 팀장은 윤창준의 지시에 곧바로 스킨 패널을 통해 텔
레파시를 보냈다.

이번에 7국에서 파견되어 호송조에 속한 요원들을 지휘하게
될 오성이라는 이들이었다.

— 이번 호송에서 삼환문도인 정윤찬을 집중적으로 관찰해
주길 바랍니다.

— 쓸데없는 연락이로군. 우리 시선을 벗어날 자들은 없으니

출발할 때 말고는 연락하지 마라.

— 으음, 알겠습니다.

소속이 같기는 하지만 7국에 속한 이들은 별개의 지위를 가지기에 이차진은 속으로 분을 삼키며 스킨 패널을 닫았다.

"여전한가?"

"오성이라는 자들이 왜 왔는지 모르겠습니다."

"차원을 넘나들며 비밀 임무를 수행하는 자들이라 거친 면이 있지만 임무에 실패한 적이 한 번도 없으니 이번 일이 끝날 때까지만 참게."

"알겠습니다."

대차원에 속하는 일은 전적으로 7국 소관일 뿐만 아니라, 대통령도 간섭할 수 없는 불가침의 영역이라는 것을 잘 아는 이차진은 수긍할 수밖에 없었다.

"적성검사자를 맞이할 준비를 해야 하니, 저는 이만 내려가 보겠습니다, 과장님."

"수고하게."

이차진이 내려가자 자리에서 일어난 윤학준은 내려둔 커피를 따라 한 모금 마셨다.

'이 상태로 가면 문제가 커질 텐데, 큰일이군.'

국내 첩보를 담당하는 만큼 몇 년 전부터 상황이 심상치 않게 돌아가는 것을 느끼고 있었다.

대변혁에 버금가는 커다란 변화가 있을지 모른다는 위기감을 느끼고 있었기에 윤학준은 따로 놀고 있는 7국의 행태가 불안하기 그지없었다.

원장인 강상진을 비롯해 수뇌부가 나름 대비를 하고 있지만, 7국의 전력이 정확히 어느 정도인지 확인이 되지 않은 상황이었기 때문이었다.

'원장님이 그런 것을 예상하지 못했을 리 없다. 일단 이번 샴발라행이 끝나고 나면 시간이 나니 나도 움직여 보자.'

국내에 잠입한 스파이나 암약하고 있는 제5열은 대부분 소탕을 한 상태지만 흔적을 놓친 자들에 대해서는 지금도 추적이 계속되고 있는 상황이었다.

7국이 불러올 위기에 대비하기에 앞서 정리할 것은 정리하기 위해 윤학준은 쓴 커피를 마시며 생각을 정리했다.

제 10 장

차원 센터에는 오늘도 사람들이 많았다.

가족뿐만 아니라 사회 각계각층에서 천재라 불리는 사람들을 배웅하기 위해 왔기 때문이다.

거기에 대해 각종 언론사 및 미디어에서 취재차 몰려든 탓에 차원 센터 건물로 들어가는 입구에 있는 광장에는 사람들로 바글거렸다.

들어가는 입구에 라인을 쳐서 통로를 만들어두지 않았다면 이번에 각성을 위해 모이는 적성검사자들은 들어가지도 못할 지경이었다.

"성찬 오빠!"

"긴장이 되니?"

"좀 떨려."

차원 센터에 오면서 전에 사준 아티팩트들이 있어 어떤 상황이 발생한다고 해도 위험할 일은 없을 거라고 말해두었지만 그래도 떨리는 모양이다.

"걱정도 사서 한다, 유민아. 걱정하지 않아도 된다. 위험할일도 없을 거고, 가서 각성만 하고 오는 거니까 말이야."

"후우, 알았어. 그래도 차원 센터 안까지 오빠가 같이 가서다행이야."

"그래, 어서 들어가자."

유민이와 함께 중앙으로 나 있는 통로를 따라 사람들의 시선을 받으며 차원 센터로 갔다.

적성검사자의 가족들이라도 차원 센터에 같이 들어가지 못하지만 나는 갈 수가 있다.

적성검사자가 문파에 소속되어 있을 경우, 문파에서 파견한보호자 한 명은 같이 들어갈 수 있는 것이다.

기자들은 사진을 연신 찍어 댔고, 사람들은 우리를 보며 궁금한 표정을 짓는다.

삼환문에 대해 알려진 것이 거의 없기 때문이다.

"버스를 타고 왔는데?"

"그러게. 가족들하고 같이 오지만 대부분 각자 오는데 말이야."

갑자기 나와 유민이에게 주목되었던 시선들이 뒤쪽으로 향했다.

'왔나 보군.'

고개를 돌려보니 버스 3대가 연이어 외곽에 주차장에 차를 대고 있었다.

송지암을 출발한 사람들이 시간에 맞춰서 도착한 것이다.

송지암에서 출발한 사람들과 같이 들어가야 하는 터라 유민이와 함께 사람들이 오기를 기다렸다.

우르르르르!

한꺼번에 몰려 들어온 사람들이 내 앞에 섰고, 주변에 있는 취재진과 사람들이 숨을 죽였다.

"안녕하십니까? 문주님!!!"

"그래! 오느라 고생들 했다. 다들 들어가자."

"예! 문주님!!!"

제자들의 대답을 들은 후 곧바로 몸을 돌려 유민이와 함께 차원 센터로 들어갔다.

제자들 또한 곧바로 뒤를 따라 왔는데 상황을 인식한 취재진이 소리를 지르기 시작했다.

"문파 이름이 뭡니까?"

"전부 한 문파에 소속되어 있는 겁니까?"

"말씀 좀 해주십시오!!"

연이어 터지는 질문에도 묵묵부답으로 나를 따라 차원 센터 안으로 들어오는 제자들을 향한 취재진의 고함 소리가 시끄럽다.

유민이 말고도 99명이나 되는 사람이 모두 한 문파 소속이라는 사실에 특종이라고 생각했는지 몇몇 취재진이 포토라인을 넘어오려는 것을 막느라 경호하는 사람들이 진땀을 흘리고 있었다.

"문주님, 정말 이들이 삼환문 소속인 겁니까?"

"그렇습니다. 워낙 문도가 많아 제가 대표로 참관하러 왔습니다."

"으음, 그러시군요."

내 대답에 이차진 팀장이 황당하다는 표정으로 윤학준 과장을 바라본다.

윤학준 과장의 얼굴에 곤혹스러움이 가득한 것을 보니 전혀 생각하지 못한 것이 분명하다.

'이쪽 라인으로 정보가 샌 것 같지는 않군. 이들보다 위에서 유출된 건가?'

적성검사자 중에 샴발라로 가는 사람을 선발하는 것은 전적으로 이들 소관이다.

제자들 자체에 대한 의혹이나 의문보다는 모두가 한 문파 소속이라는 사실에 당혹해하는 것을 보면 유출자는 없는 것 같다.

'대륙천안이 음모를 꾸미고 있는 게 확실한 것 같으니 언젠가는 나타나겠지.'

개인 신분으로 이곳에 와도 상관이 없지만 일부러 삼환문도로 공표하며 참여하도록 했다.

개인으로 왔다면 놈들이 어떤 식으로 접촉하는지 파악이 되지 않을 것 같아서 판을 아예 뒤엎어 버린 것이다.

이렇게 한 이유는 두 가지 목적이 있다.

첫 번째는 제자들을 보호하기 위해서다.

대륙천안은 자신들이 정신과 영혼을 에고로 만든 이들이 이름도 알 수 없는 문파에 소속되어 있다는 것이 밝혀지면 눈이 뒤집힐 것이다.

샴발라에서 각성을 하는 동안 그들의 이목이 온통 나한테 집중되게 될 테니 제자들은 어느 정도 안전해지는 것이다.

두 번째 경고의 의미다.

대륙천안과 야합한 제5열에게 자신들의 음모를 알고 있고, 파헤치는 나라는 존재가 있다는 사실을 알리는 것이다.

어느 정도로 경고가 될지는 모르지만, 내가 각성을 하는 동안 최소한 시간을 벌 수는 있을 것이다.

내가 어떤 존재인지 파악하기 위해서는 긴 시간이 걸릴 테니 말이다.

"놀라운 일입니다. 이들 모두가 삼환문도라니 말입니다."

"삼환문에 대해서는 이미 조사가 끝났을 테니 샴발라로 가는데는 문제가 없지 않습니까?"

"그렇기는 합니다만……."

지금까지 조사한 대로라면 문제가 없으니 제자들의 샴발라행을 막을 수는 없을 것이다.

지금부터 내일 샴발라로 출발할 때까지 조사를 한다고 해도 건지는 것이 거의 없을 테니 당혹스러울 것이다.

"자! 이제 제자들을 인도했으니 이만 가보겠습니다. 저는 내일이나 와야 하니 그때 뵙도록 하지요."

"알겠습니다. 내일 뵙겠습니다."

윤학준에게 인사를 한 후 신형을 돌려 밖으로 나갔다.

취재진들이 연이어 질문을 던졌지만, 싹 무시하고 밖에 대기하고 있는 그랜즈를 타고 차원 센터를 떠났다.

'지금부터가 중요하다.'

숨어 있던 자들이 움직이기 시작할 것이다.

대한민국이라는 나라의 권력 판도가 바뀔 수 있는 일이었는데, 더 이상 모습을 감출 수는 없을 테니 말이다.

늦은 새벽.

차원 센터에 있는 조사실은 분주하기 짝이 없었다.

전국에서 보내오는 조사서를 검토하고 이상이 없는지 확인을 해야 했기 때문이다.

적성검사자 중에 샴발라로 보낼 만한 특이한 본성과 재능을 가진 이들은 사전에 조사가 이루어지는데, 얼마 전에 있었던 뜻밖의 사태 때문이었다.

윤학준은 요원들이 보내오는 각 선발자에 대한 최종 보고를 직접 검토하며 수상한 점이 있는지 살피고 있었다.

'으음, 하나같이 해결사들과 연결 고리를 가지고 있다.'

이제 겨우 반 정도를 조사한 것이지만, 기존에는 미처 알지 못했던 것이 드러나고 있었다. 이번에 삼환문도라고 밝힌 이들은 하나같이 해결사들과 연관이 있었다.

가족, 친척, 학교 등 사회적인 관계인 중에서 해결사들이 접촉한 점이 드러나고 있었기에 윤학준의 고심이 깊어졌다.

'접촉이 시작된 것은 4년 전부터다. 그렇다면 그때 무슨 일이 있었다는 것인데……'

해결사들이 접촉하기 시작한 것은 4년 전부터인 것으로 나타났다.

워낙 익히기가 어려워 문도가 별로 없다던 삼환문에서 재능 있는 이들을 선별하기 시작한 것을 보면 문파 내에 큰 변고가 있어 세력을 키우기 위해서라고 추측한 윤학준은 자신과 성이 같은 윤성찬을 만났던 때를 기억했다.

'스승이 죽어서 장문인이 됐다고 했으니, 아마도 죽은 전임 문주와 관련이 있겠구나.'

삼환문의 전임 문주의 죽음에 뭔가 있다는 것을 파악한 윤학준은 즉시 인터폰을 눌렀다.

— 무슨 일이십니까, 과장님?

"삼환문의 전임 문주와 관련된 정보를 모두 찾아보도록 하게. 뭔가 나오면 즉시 알려주고."

— 예, 과장님.

이차진에게 지시를 내린 윤학준은 자신의 모니터에 새롭게 떠오른 서류를 검토했다.

'이자도 삼촌이 해결사군. 삼환문도가 된 자들이 전부 이렇게 연결되어 있다면, 해결사들이 조직화되어 있다는 뜻인데……'

유물 각성자나 진성 각성자 중 해결사로 나선 이들에 대해서는 감시는 하고 있지만, 직접적인 통제는 하고 있지 않다.

반발을 하게 되면 사회적으로 큰 문제가 될 것이라 때문에 직접적으로 통제하지 않았지만 그로 인해 정보가 누수 되고 있었던 것이 틀림없었다.

'개인적인 성향이 강해서 조직화되기는 힘들겠다고 생각했는데 누군가 하나로 엮은 것이 틀림없다.'

삼환문의 전임 문주에 이어 해결사들이 조직화되었는지도 알아봐야 하기에 다시 인터폰을 들었다.

— 다른 지시가 계십니까?

"해결사 노릇을 하는 자들이 어디에 소속이 돼서 움직이는지 확인을 해보도록."

— 알겠습니다, 과장님.

이차진에게 다시 지시를 내린 윤학준은 새로운 보고서가 떠올랐는데도 불구하고 자리에서 일어나 내려놓은 커피를 한 잔 따랐다.

'재능이 있는 자들을 문도로 끌어들인 것도 그렇고, 만약 해결사들을 삼환문에서 조직화한 것이라면 파장이 엄청날 거다. 전임 문주의 죽음에 어떤 사건이 얽혀 있는지 밝혀내는 것이 관건이겠군.'

조사서의 내용은 모두 완벽했다.

의심스러운 점도 하나 없었고, 다른 조사서들도 마찬가지일 것이 분명했다.

샴발라에 갈 사람들에 대해서 조사하는 것보다 삼환문이 힘을 모으고 있는 것이 전임문주의 죽음 때문이라고 확신한 윤학준은 자신의 스킨 패널을 열었다.

― 원장님!

― 뉴스를 통해서 봤네. 뭔가 나온 것이 있는가?

― 조사된 것을 보면 흠을 잡을 만한 것이 없습니다. 의심스러운 점도 없고 말입니다. 그렇지만⋯⋯.

윤학준은 해결사들이 조직화되었을지도 모른다는 것과 자신이 관심을 두고 있는 삼환문의 전임 문주의 죽음에 대해서도 이야기를 했다.

― 자네 말대로 삼환문의 전임 문주의 죽음에 뭔가 있는 것 같군.

― 그래도 이해가 되지 않는 것이 있습니다. 해결사들은 몰라도 재능만 있는 자들을 문도로 받아들이는 것은 전력을 상승시키지 못합니다.

― 그것은 자네가 잘못 알고 있는 것이네.

― 제가 잘못 알고 있다는 말씀입니까?

― 그러네. 삼환문은 다른 무문과는 달리 마음의 공부부터 시작하는 곳이네. 본성이 특별한 자가 삼환문의 비전을 익히고 각성을 하게 되면 어떤 수준의 진성 능력자가 될지 알 수가 없으니 말이야.

― 그렇기는 하겠군요. 그러면 해결사들은 어떻습니까? 진성 능력자들은 모를까 유물 능력자들은 의지에 잠식당해 파국을 불러올지도 모르는데 말입니다.

— 말했지 않은가? 삼환문은 마음공부를 우선하는 문파라고 말이야.

— 예?

— 삼환문의 전임 문주가 대문파의 수자들과 인연을 맺은 것은 본산 제자 중에 유물 능력자가 된 이들 때문이네. 유물에 잠재된 의지를 제어해 폭주를 막을 수 있는 사람은 오직 그뿐이었으니까 말이야.

처음 듣는 이야기지만, 윤학준은 원장의 말에서 모든 것을 확연히 알 수 있었다.

— 해결사들을 조직화할 수 있었던 것도 폭주를 제어할 수 있기 때문이군요?

— 맞네. 자네 말대로 삼환문의 전임 문주의 죽음에 누가 관여되어 있는지 파악하는 것이 급선무네. 그렇지 않으면 엄청난 사태가 발생할지도 모르니까 말이야. 하나 자네도 알다시피 우리는 지금 삼환문의 일에 신경을 쓸 여유가 없네. 최대한 빨리 무슨 일이 있었는지 파악해서 대처를 해야 할 걸세.

— 무슨 말씀인지 알겠습니다.

— 또 하나! 절대 삼환문과 척을 지지 말게. 단기간 내에 이 정도 전력을 구축했다면 만약의 사태 시 우리에게 큰 도움이 될 수도 있으니 말이야.

— 알겠습니다.

— 그리고 오성이 끼어 있는 만큼 무슨 일이 생기면 즉시 보고해 주게.

— 예, 원장님.

— 이만 들어가게.

윤학준은 스킨 패널을 닫았다.

'유물 능력자들이 폭주할 경우를 대비해 에너지 파장을 감시하고 있었지만 4년 전부터 폭주하는 경우는 찾아볼 수 없었다. 삼환문이 해결사들을 조직화하면서 폭주 문제를 해결한 것이 틀림없다. 그렇다면…….'

삼환문이 행보가 불러오게 될 파장이 예상보다 클지도 모른다는 생각에 불안감이 들기도 했지만, 그리 깊게 생각할 것도 아니었다.

그동안 삼환문이 보여준 것들이 있어서다.

'대문파에서 발생한 유물 능력자 문제를 해결한 이들이고, 다른 대차원을 연결하는 게이트를 닫는데 앞장선 이들도 그들이다. 문파의 복수가 아니라면 세상을 위해 위험한 것들을 제거하는 데 힘을 기울이는 자들이니 그것만 해결하면 될 것이다.'

세력을 불리기 위해서 자유롭게 활동하는 해결사들을 조직화한 것 하나만으로도 삼환문의 저력이 만만치 않았다.

'7국에서 무슨 생각을 하고 있는지 모르는 상황인 지금은 원장님 말씀대로 나중에 우리에게 힘이 될 이들이다. 지금으로서는 삼환문과 접점을 만들고 호의를 이끌어내는 것이 급선무다.'

그동안 삼환문도들이 보여준 모습이라면 원장의 말대로 7국이 불러올 미증유의 사태 시 도움이 될 것이 분명하기에 삼환문이 이렇게 움직이는 원인을 파악할 필요가 있었다.

삼환문의 복수에 도움을 줄 수 있다면 더할 나위 없이 든든한 아군을 얻을 수 있기 때문이다.

'삼환문과 연결 고리를 만들려면 오성의 이목부터 따돌려야 한다. 그래야 숨겨진 비수로서의 가치가 있으니까 말이야. 오성이라는 자들은 지금 하는 일에 별로 관심이 없으니 일단 삼환문의 전임 문주에게 어떤 일이 있었는지 조사부터 해보자.'

생각을 정리한 윤학준은 곧바로 국정원에 있는 자신의 휘하에 있는 이들에게 지시를 내렸다.

국정원에서 국내 파트를 맡고 있는 제2국의 수장이 고용석이기는 하지만 무슨 생각을 가지고 있는지 의심스러운 터라 자신의 직속이라고 할 수 있는 이들만 동원해 삼환문의 전임 문주와 관련된 사건들을 파헤치기 시작했다.

◈　　　◈　　　　◈

차원 센터를 중심으로 5킬로미터 반경에 차단선이 쳐지고 경계를 맡은 특전사들이 삼엄하게 주변을 살피기 시작한 것은 해갈 뜰 무렵인 오전 6시부터였다.

오전 8시가 되자 샴발라로 떠나기 위해 차원 센터로 사람들이 모이기 시작했다.

특전사가 경계하는 곳에서 1차 검문을 받고 2차로 차원 센터 외곽에서 다시 검문을 받을 정도로 출입이 까다로웠지만, 아무도 불만을 표출하지 않았다.

다른 때와는 달리 샴발라로 떠나는 날은 차원 센터가 공개되지 않고 각성할 대상자들만 모이는 탓에 그리 붐비지는 않았다.

샴발라행은 총 3차에 걸쳐 이루어진다.

차원정보학과를 다닌 자들 중에서 졸업시험을 통과한 이들이 제일 먼저 출발하고, 비전을 계승한 자들이 뒤를 이어 출발한다.

마지막으로 적성검사에서 재능을 인정받은 이들이 떠나게 되는데, 비공정이 서로 부딪치는 것을 방지하기 위해 이륙하는 순서일 뿐이어서 거의 동시에 출발하는 것이나 마찬가지였다.

"꽤 사람이 많네."

"그런 것 같아 보이지만 그리 많은 수자도 아니지. 1억 5천만 명 중에 뽑힌 인원이니 말이야."

1,500여 명이라는 수자가 많아 보이지만 1차 각성을 한 통일 대한민국의 국민 중 0.001%만이 2차 각성을 위해 샴발라로 가는 것이니 성진이 형 말대로 많은 인원은 아니다.

하지만 다른 국가에 비하면 꽤 많은 수자다.

대한민국의 경우 매년 0.001%의 인구가 2차 각성을 하러 가지만 다른 국가의 경우 0.00001%도 되지 않으니 말이다.

모두가 대변혁 이후 체계적으로 각성자에 대한 관리를 해왔기에 벌어진 결과다.

대변혁 당시 다른 나라와는 달리 대한민국은 1차 각성에 이은 2차 각성을 동시에 한 각성자가 많았다.

주로 군인 중에 동시 각성자가 많았는데, 이들을 대상으로 2차 각성을 할 수 있는 사람들의 특이성을 찾는 연구가 진행이 되었다.

엄청난 시간과 돈을 투자했기 샴발라로 가서 2차 각성을 할 수 있는 이들을 찾을 수 있는 방법을 찾아냈고, 그 결과가 바로 지금 보는 모습이었다.

다른 방법이야 마찬가지지만 적성검사의 경우 대한민국이 전 세계에 그 기술을 개방했음에도 샴발라로 갈 수 있는 사람을 골라내는 것은 다른 나라가 대한민국을 따라갈 수 없었다.

측정기로 계측된 결과에 확인하는 방법까지 알려주기는 했지만, 평범해 보이는 내용에서 2차 각성자의 자질을 가려낼 수 있는 특이성을 찾아내는 노하우는 알려주지 않았기 때문이었다.

적성검사를 통해 전투 계열에 특화된 이들을 차원정보학과와 같은 전문 교육기관에서 교육을 시킨 후 샴발라로 가게 하는 것은 이제 일반적이 것이 되기는 했지만, 특별한 본성을 지닌 이들을 가려내는 것은 아직도 다른 나라에서는 아직도 어려운 일이었다.

"저기 온다."

"그러게요. 간밤에 고생을 좀 했나 봐요."

"그렇겠지. 전례가 없는 일이었을 테니까. 국정원에 있는 자답게 눈치가 빠르니 조심해야 한다."

"알고 있어요."

윤학준이 다가오자 성진이 형이 그의 신분을 상기시켰다.

'고생이 많았나 보군. 그래야 건진 것은 없겠지만……'

특별한 본성을 지닌 이들이 삼환문도로 등록된 것 때문에 밤새 조사를 한 탓인지 윤학준의 얼굴에는 다크 서클이 가득했다.

"오셨습니까?"

"예. 고생이 많습니다. 출발은 언제입니까?"

"10시에 출발을 할 겁니다. 그런데 다른 이들은……."

"이제 도착할 겁니다."

성진이 형과 내가 먼저 도착을 했다.

유민이를 비롯한 문도들은 어제부터 차원 센터에 머물고 있는 중이고, 근호 형과 오인방은 학교에서 동기들과 함께 오고 있다.

시간을 맞춰 오라고 했으니 이제 특전사가 경계를 서고 있는 외곽을 통과하고 있을 것이다.

"그런데 경계가 상당한 것 같습니다."

"샴발라에 도착하기 전까지가 제일 위험하니 어쩔 수 없습니다."

윤학준의 말대로 지금부터 사람들을 태운 비공정이 샴발라에 도착하기 전까지가 제일 위험할 때다.

샴발라로 갈 사람들이 모두 모이기에 중국이나 러시아처럼 적성 국가들이 테러를 가할 수 있기 때문이다.

차원통제사가 되기 위해 차원정보학과에 간 사람들은 평상시 테러 위험이 거의 없다.

적성검사를 통해 전투에 특화된 이들이기는 하지만 졸업시험 합격해야만 샴발라로 갈 수 있었고, 그렇게 합격할 정도라면 비전을 수련한 이들 만큼이나 상당한 무력을 갖추고 있어서다.

테러를 한다고 해도 국정원의 시각을 벗어날 수 없기에 섣불리 시도를 할 수 없다.

특별한 본성을 가진 이들은 샴발라로 가기 전날 정체가 알려지고 차원 센터에서 보호를 시작하니 위험을 감수하고서라도 진짜 테러를 하려고 하면 가장 큰 효과를 볼 수 있는 지금부터가 적기였다.

"하지만 걱정하지 않아도 될 겁니다. 이번에 호송조를 맡은 이들은 전부 A급 진성 각성자니 말입니다."

"그렇군요."

"그리고 국정원에서 특별히 신경을 써서 아주 대단한 분들이 추가로 참여한 터라 안심하셔도 됩니다."

"후후후! 그렇군요. 호의에 감사드립니다."

"아닙니다."

윤학준이 말한 이들이 누구인지는 차원 센터에 도착하면서부터 느끼고 있었다.

300명 정원의 대형 비공정 옆에 대기하면서 삼엄한 눈초리로 주변을 훑고 있는 것처럼 보이지만, 실상은 나에게 관심을 두고 있는 자들을 말이다.

'윤학준이 말하는 이들은 분명 7국에서 나온 자들일 것이다.'

국정원이라는 소속은 같지만 제7국과 다른 국들은 활동하는 무대가 달랐다.

다른 국들이 지구를 중심으로 움직인다면 제7국은 지구 대차원이 속한 다른 차원에서 활동하는 자들이다.

국제 협약상 지구에서 신분을 강제할 수 없고, 제약조차 없는 이들이 바로 저들처럼 대차원을 넘나들며 활동하는 자들이다.

차원 간의 문제를 해결하기 위해 움직이는 자들이니 어쩌면 저들이야 말로 진정한 차원통제사라고 할 수 있다.

'그냥 나오지는 않았을 테지…….'

저기 있는 것을 보면 분명 국정원에서 요청했기 때문일 테지만, 사실 원장의 지시도 거부할 수 있는 이들이다.

차원 문제가 아닌데도 순순히 임무를 맡았다는 것 자체가 의심이 든다.

차원 문제가 아니고서는 지구에서 발생하는 일에는 절대 관여하는 이들이 아닌데, 호송을 자처한 것을 보면 뭔가 있다는 것은 확실하다.

'이륙해서 움직이기 시작한 다음에는 그다지 위험할 일은 없지만 주의를 해야겠군.'

이륙하고 난 뒤 본격적으로 속도를 내기 시작한 비공정은 미사일로도 격추하기가 힘들다.

인식 차단 장치가 설치가 되어 있어 레이더나 추적 마법에 탐지가 되지 않을 뿐만 아니라, 최소 속도가 마하 7에 육박해 따라올 만한 미사일이 없기 때문이다.

제일 위험한순간은 사람들을 태우고 이륙한 후 최고 속도에 도달할 때까지이기는 하지만 국정원에서 파견 나온 진성 능력자들이 펼치는 역장이 몇 겹으로 겹쳐져 있어 비공정을 어떻게 하는 것은 불가능하다.

하지만 저들은 다른 호송조들과 함께 비공정 안에 탑승한 후 움직이기에 조심할 필요가 있다.

대차원을 넘나드는 진짜 차원통제사들이라 저들이 다른 마음을 먹을 경우 몰살을 각오해야 할지도 모르니 말이다.

국정원과 차원 센터의 요원들의 안내로 샴발라로 갈 사람들이 차례대로 비공정에 탑승하기 시작했다.

근호 형과 함께 버스를 타고 온 동기들도 어느새 차원 센터 경계 안으로 들어와 비공정을 타고 있었다.

"성찬아, 우리도 타자."

"알았어, 형."

성진이 형과 함께 동기들이 있는 곳으로 갔다.

삼환문의 문주라는 사실을 언론을 통해 들었기 때문인지 동기들이 타박을 했지만, 본래 문파에 소속된 이들은 자신이 비전을 이은 것을 가족에게도 알리지 않는 것이 불문율이라 그리 심하지는 않았다.

내가 삼환문의 장문이라는 것을 알았다면 문도가 되었을 수도 있었는데, 그렇지 못해 아쉬움을 토로한 것이 다였다.

— 성진아, 기회가 되면 우리 동기들도 받아들이는 것이 어떠냐?

— 다들 차원통제사로서 자유롭게 모험을 하고 싶은 것이 꿈이라서 차원정보학과에 들어왔잖아. 진심으로 문도가 되고 싶어 하는 동기들은 거의 없을 거야.

— 그렇기는 하지만 혹시 모르잖아?

— 진짜 들어오고 싶어 하면 받아들여야지. 삼환문도로 문규를 따른다는 조건이 붙기는 하겠지만 말이야.

— 알았다. 그러면 근호나 사인방에게 한 번 알아보도록 하마. 모험과 자유를 꿈꾸기는 하지만 진짜 삼환문도가 되고 싶어 하는 동기들도 있을 테니 말이다.

— 그건 형이 알아서 해줘.

— 알았다.

내가 장문인이기는 하지만 실질적으로 삼환문을 이끄는 사람은 형과 현화가 될 것이다.

차원정보학과에서 학업을 끝내고 졸업시험까지 치러서 합격을 했다면 진짜 인재들이니 말이다.

우리 차례가 돼서 비공정에 올라탔다.

제7국에서 파견을 나온 자가 비공정 옆에서 대기하고 있다가 형과 나를 유심히 바라본다.

'상당한 실력자이기는 하지만 지금 상태로도 어느 정도는 감당할 수 있겠구나.'

최소한 A급 진성 각성자인 것은 확실하다.

신체에서 발산 되는 에너지를 애써 감추고 있지만, 스페이스와 아르고스의 감각으로 살펴봤을 때 어쩌면 S급 다다랐을지도 모르는 기운을 풍기고 있다.

'일단 타자. 뭔가 일을 꾸미는 것이라면 무엇을 노리는지 알 수 있겠지.'

나와 형에게로 보내지는 시선을 무시하고 차례에 따라 비공정에 올라탔다.

비공정의 크기는 겨우 버스 한 대 정도지만 안으로 들어가 보니 생각하던 것과는 전혀 달랐다.

바깥의 모습과는 달리 공간 왜곡 마법이 걸려 있어서 좌석들이 아주 커서 300명이 전부 탑승했는데도 불구하고 안이 아주 넓어 보였다.

'이상하군.'

각성하러 가는 이들이 앉은 좌석들은 마치 기다란 타원형 모양으로 되어 있었는데, 호송에 참여한 이들은 참여자들이 앉을 좌석들의 외곽에 빙 둘러 마련되어 있었다.

'으음! 쓸데없는 걱정이겠지만 무작정 아니라고도 할 수 없

는 좌석 배치다.'

문제가 발생할 때 각성할 사람들을 최우선적으로 보호하기 위한 좌석 배치이기는 했지만, 다른 쪽으로 생각한다면 감시하기 아주 쉬운 구조로 되어 있는 것이기도 했기에 신경이 쓰였다.

— 스페이스!

— 예, 마스터.

— 지금부터 비공정을 추적하도록 해. 샴발라로 가는 항로에 뭔가 있는지 자세하게 살피도록 하고.

— 예, 마스터.

스페이스에게 지시를 내린 후 눈치를 주는 호송 요원들을 보며 자리에 앉았다.

— 성찬아! 왜 그래?

— 아무래도 좌석 배치가 이상해서.

— 좌석 배치가?

— 호송 요원들이 마치 우리를 감시하는 것 같은 구조야. 뭔가 일이 터질지도 모르니까 형도 신경을 좀 써 줘.

— 근호랑 사인방에게 알릴까?

— 아니야. 아직은 확실하지 않으니까 형만 알고 있어.

— 그래. 알았다.

위험 상황을 대비하면서 긴장한 상태를 들키지 않을 정도의 수준이 되는 사람은 나나 성진이 형뿐이기에 알리지 않도록 했다.

형도 그것을 알아차린 듯 자연스럽게 행동하면서 위험상황을 대비하기 시작했다.

얼마 지나지 않아 각성할 사람들과 호송 요원들이 모두 자리에 앉자 문이 닫혔고, 비공정이 이륙하려는 듯 떠오르는 느낌이 들었다.

— 스페이스!

— 주변에 위험 요인은 없습니다.

— 계속 감시하면서 살펴봐.

— 예, 마스터.

제대로 된 속도를 내기 전까지는 위험하기 때문에 스페이스에게 주변 감시를 부탁하면서 감각을 끌어 올렸다.

스페이스가 비공정의 외부를 맡았고, 나는 안에 타고 있는 호송 요원들과 제7국에서 나온 자에게 감각을 집중하고 있으니 만약의 사태가 발생하면 빠르게 대처를 할 수 있을 것이다.

적당한 고도에 다다를 때까지 별다른 위험은 없었다.

제 고도에 오른 후 비공정이 본격적으로 속도를 내기 시작했다.

'이제 호송 요원들만 신경을 쓰면 되겠군.'

제 속도를 내기 시작한 이상 외부의 위험은 이제 없는 것이나 마찬가지라 호송 요원들 더욱 감각을 집중했다.

'외부에만 신경이 곤두서 있지, 안쪽으로는 관심도 없군.'

외부에서 나타날 이상 요인만 신경을 쓰는 것을 보니 아무래도 쓸데없는 생각이었던 것 같다.

그렇게 얼마 지나 안정적인 속도를 내기 시작하자 호송 요원들 중 하나가 안전벨트를 풀고 자리에서 일어났다.

바로 7국에서 나온 자였다.

"다들 긴장을 풀어도 된다."

각성할 사람들의 시선이 그에게 집중되자 굵직한 목소리가 흘러나왔다.

"최고 속도로 날고 있으니 앞으로 한 시간 후에 샴발라에 도착할 것이다. 그리 길지도 않은 시간이니 급한 용무를 제외하고 쓸데없는 움직임은 삼가 주기 바란다."

이미 숙지하고 있는 내용이지만, 목소리에 힘을 실어 다시 경고하는 것을 보니 쓸데없는 짓으로 귀찮게 하지 말라는 뜻이 명백했다.

탑승객들을 주지시킨 그는 곧바로 자리에 앉았다.

안전벨트조차 차지 않은 채 그저 지그시 눈을 감고 있었는데도 불구하고 온몸에서 풍겨 나오는 위압감이 장난이 아니어서인지 함부로 움직이는 승객들은 없었다.

정숙한 가운데 시간이 지나가고 있었다.

각성자들은 물론 다른 호송 요원들도 입을 다물고 제 자리에 앉아 있었기 때문이다.

'으음, 다른 목적은 없는 것 같은데······.'

무사히 호송하는 것 이외에는 관심이 없는 듯 7국에서 나온 자의 감각은 온통 바깥을 향해 있었다.

'그래도 모르니 긴장을 늦추지 말자.'

아주 약간이기는 하지만 타고 있는 이들을 향해 내뿜은 기운에는 언령이 스며들어 있었다.

호송하는 요원들이 A급 진성 각성자임에도 눈치를 채지 못하고 자연스럽게 영향을 받을 정도로 언령을 자유자재로 다루는 자라 주의를 해야 할 것 같다.

한순간에 돌변하게 되면 그야말로 손을 쓸 사이도 없이 당하고 말테니 말이다.

그렇게 7국에서 온 자를 신경을 쓰는 사이 비공정은 점점 샴발라에 가까워져 가고 있었다.

— 마스터, 외부 관측이 불가능합니다.

— 벌써 샴발라의 영역인가?

샴발라는 히말라야 산맥에 있다고 알려져 있지만 정확한 위치는 잘 알려져 있지 않다.

인공위성으로도 그 위치를 찾을 수 없고, 마법적인 추적 장치로도 위치를 추적할 수 없는 곳이기 때문이다.

하지만 나는 대강의 위치를 알고 있다.

원주민들이 칸 텡그리라고 부르는 성산에서 100킬로미터 근방에 있는 봉우리로 둘러싸인 곳에 샴발라가 있다고 확신한다.

내 본성과 합쳐진 아르고스로도 내부를 파악할 수 없는 곳이니 말이다.

샴발라의 영역에 당도한 탓인지 제7국에서 온 자가 눈을 뜨며 자리에서 일어났다.

"이제 도착까지 5분 남았다. 비공정이 착륙한 후 내리게 되면 소란 피우지 말고 정숙을 유지해라."

샴발라의 모습을 보고 소란을 피울 것이 염려가 되는지 한마디 한 그가 다시 자리에 앉았다.

'이제 시작인가?'

이번에는 눈을 감지 않고 우리를 지켜보고 있었다.

바깥보다는 우리들에게 신경을 집중하는지 주변에 그가 뿌리는 에너지가 각성자들의 주위를 맴돌기 시작했기에 긴장하지 않을 수 없었다.

A급 진성 각성자라도 고도로 신경을 집중하지 않으면 알아차리지 못한 미세한 에너지가 나를 비롯해 각성을 위해 비공정에 타고 있는 이들을 마치 감별하듯 살피고 있었다.

윤학준은 7국에서 나온 저자를 경계하는 것 같았는데, 이런 행동을 보이다니 이상한 일이 아닐 수 없다.

'살기가 없는 것을 보면 뭘 찾는 것 같은데……'

그가 무엇을 찾는지 모르지만 에너지의 움직임은 아주 신중했다.

'혹시나 있을지도 모르는 테러범이나, 제5열을 찾는 것일 수도 있다.'

샴발라에 들어서는 인원들에 대한 최종 검사일지도 모른다는 생각이 들었다.

텔레파시를 보내면 들킬 수도 있을 것 같다는 생각에 가만히 있었다. 형도 같은 생각이었는지 아무런 행동도 취하지 않아 다행이었다.

자칫 의심을 받아 일을 그르치지 않아도 되니 말이다.

시간이 지나 비공정이 착륙을 하자 주변을 감싸던 미세한 에너지가 순식간에 자취를 감추었다.

의지가 담긴 에너지를 은밀히 뿌리고, 거두는 것이 아무도 모르게 한순간에 이루어지는 것을 보니 역시 7국의 사람이라는 생각이 들었다.

"내릴 시간이다. 조금 전에도 말했듯이 샴발라의 모습을 보고 소란을 피우지 마라. 소란을 피운다면 각성의 기회가 사라질지도 모르니 말이다."

말이 끝나기 무섭게 착륙이 완료되었고, 비공정의 문이 열렸다.

"차례대로 내린다."

그의 말에 앞쪽부터 비공정에서 내리기 시작했다.

드디어 샴발라에 도착한 것이다.

〈『차원통제사』 제8권에서 계속〉